ハヤカワ文庫JA
〈JA1438〉

コルヌトピア

津久井五月

早川書房
8530

目次

コルヌトピア

コルヌトピア

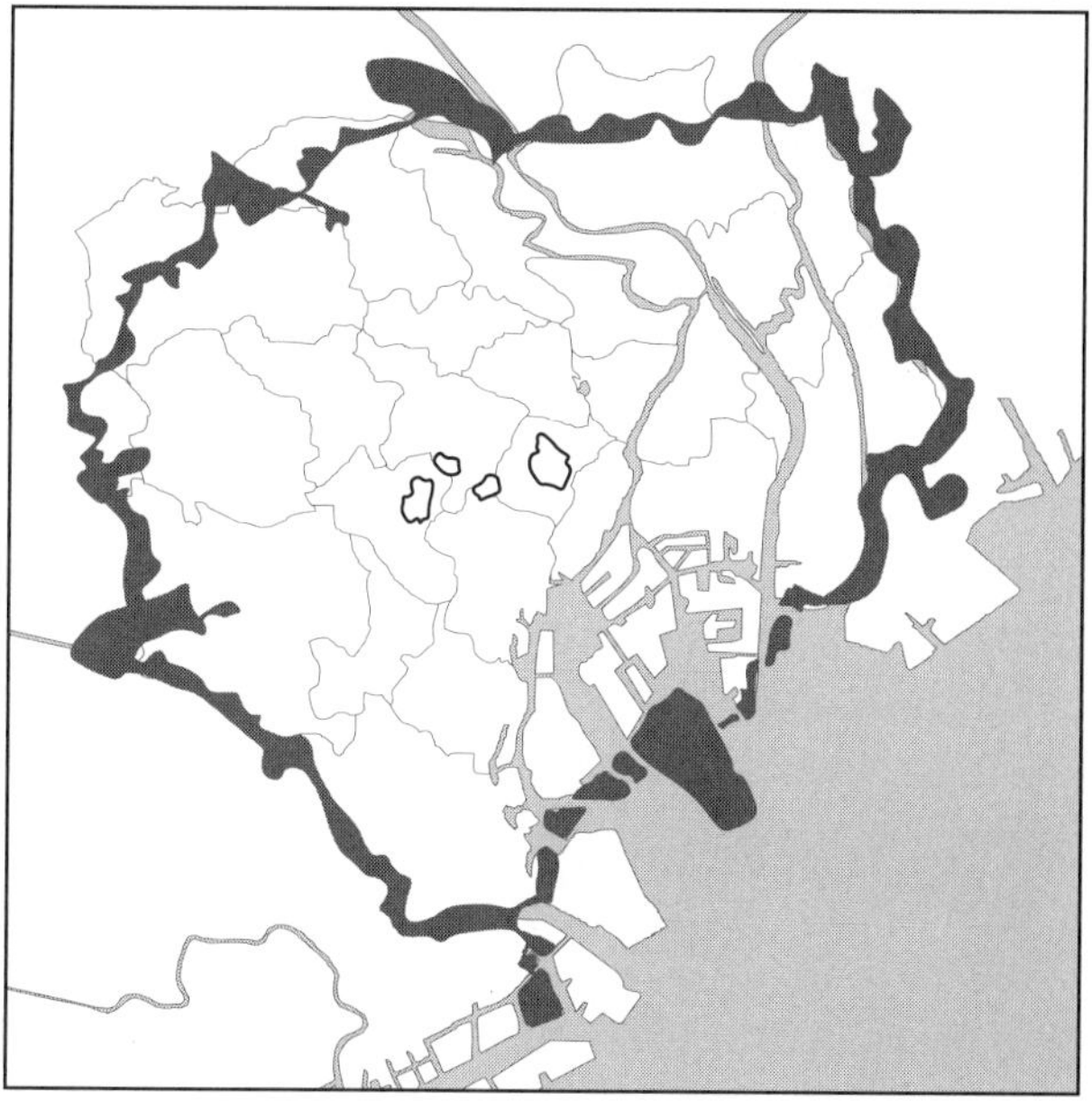

東京都区部を包囲するグリーンベルトと、都心部の巨大緑地（2084 年）

意見が、社会生活という巨大な装置に対してもつ関係は、油と機械との関係に等しい。タービンのまえに立って、それに機械油を浴びせかけたりする人などいない。少量の油を、隠れた鋲《びょう》や継ぎ目に差すのであって、肝心なのは、それらの位置を知っていることなのだ。

——ヴァルター・ベンヤミン

閉じた目蓋《まぶた》の内側のように、奥行きも、一切の具象物もない視界の隅、黒い小さな点だったものが、いつの間にかほどけ、拡がり、群青の染みに育っていた。

拡大する滲《にじ》んだ領土のなかに濃淡の蠢《うごめ》きがあり、いつしかその青から、無数の暖色が生まれ出てくる。凍った厳冬の朝から、タイムラプスで初夏の花の開くように。

暖色たちは見つめる目の裏をかくように流れ、滞留し、花々の像は一瞬ごとにつくり変えられる。

これは、都市だ。

流れゆく花々の咲く、不定形の柵に覆われた共有地。

多色の滲みのなかで盲《めし》いたようになりながら、歪《いびつ》な円形に拡大する都市を眺めている。

もう何色か分からない視界の枠を縁取るように、図案化された蔓草《つるくさ》や、装飾花、果実が匂い立つように繁茂し始める。

都市の蠢きが、不思議に拍子をとっている。一瞬のうちに、その前の一瞬を忘れてしまうので、動きには現在しかない。それでも動いていて、リズムがあると分かる。まだこの景色のなかに十秒といないはずにもかかわらず、視野を埋め尽くす盲《めし》いた色と、不動の運動が、無限に継続するものなのだと、信じている。

信じている。この現実に隣り合うようにして、目を覚まそうとしているもうひとつの現実があることを、同時に、全く同様に信じながら。

——誰かが呼んでいる気がする。


緊急連絡の着信音を止めると、朝の四時だった。

起き抜けの最初の一息を吸うとすぐ、空腹に気づいた。南向きの高窓から未明の空が見える。前世紀の青い抽象画の一部を接写したかのように、窓ごしの空は妙な光り方をしていて、東の方から、うっすらと明るくなってきている。

青く濡れたようなベッドから起き上がり、カーテンを開けた。

東の低い空が燃えている。青と赤の、キッチュにも思えるグラデーションを、〈角《ウムヴェルト》〉を通して捉《とら》える。僕の根の広がりが東の地平線を手探りする。炎のイメージが、舌の先に疼《うず》くように現象する。

　目を閉じると、映像、音声、感触、匂いが、身体に流れ込んでくる。感覚の薄布をすっぽりと被《かぶ》り、布を透かして現実世界を見るようにして、暗く静かな部屋と、早くも騒がしく動き出している都市の朝を、同時に理解する。

　都市を目の奥に残したまま、グレープフルーツを剝《む》いて食卓についた。涙のような香りが部屋の青い空気と入り交じり、鼻腔の奥で、街の風に吹き流されていく。その行方を追うようにして、視点は僕を離れていく。果物にヨーグルトをかけて食べている〈角〉の生えた人を、珍しい動物のビデオを眺めるような気持ちで見送ると、都市の全景が輪郭を伴わず、あくまで半分は抽象概念として、網膜から浮き上がってくる。

　建物から生い茂る幾億の草木のさざめき。

　街並みにパッチ状に埋め込まれた、無数の樹林の唸《うな》り。

　都市の早朝をぐるりと取り囲む、歪な円形の環状緑地帯《グリーンベルト》。

　――ああ、そうだった。

　いつか夢見たように、ここに暮らしている。

　緑のメトロポリス、東京に。

1

会社の最寄り駅を出ると、五時を少し回った頃だった。

早朝のうちに出勤するのは少しだけ好きだ。冷えていた都市の血管の隅々まで、さざ波のように活動が伝播《でんぱ》していく。交通機関が動き始め、人々はそれぞれの一日を始めたり、終わらせたりしている。僕は都市を吹き抜ける風になったように、人々の感覚の方角を見定めることができる気がする。東京という巨大な生き物のあくびを幻覚することが、たまにある。

まだほとんど人気《ひとけ》のない吾《あ》妻橋《づまばし》のビジネス街の歩道に、僕の靴がコツコツと朝を知らせる。歩道の脇の街路樹が、ほとんど道路に覆いかぶさるように、豊かに枝を広げている。

通り過ぎていくビルのほとんどは、深い奥行きのある造形の正面外壁《ファサード》を持っており、そのところどころに、フロラが繁茂している。三、四メートルのトネリコ、少し小さいクチナシ、ヒイラギにキンモクセイ、クロマツ。それに、ビワやオリーブもある。樹木の足元には常緑の多年草がもこもこと数多く植えられ、遠目には種類は把握しきれない。今朝も演算に従事する思考植物たちを抱え込んだ通りに、啓示のように朝日が差し込んでくる。

　羽田空港に着陸する飛行機の窓から初めてこの目で東京を見たときを、ふと思い出す。深緑の城壁のなかに、都市は緑と灰の緻密《ちみつ》なモザイク画を描いていた。十八歳の僕の目に鮮やかな印象を残したその過密な鳥瞰《ちょうかん》図のなかで、いま暮らし、働いているのだと考えると、心が躍る。多くの先人が想像しながら、実際には可視化することの叶わなかった都市の複雑な総体に、頬を寄せて触れているような気さえする。

　会社に到着し、急ぎ足でエレベータに乗った。

　二〇八四年六月十五日、午前五時十七分。

階数の上に表示された時計が告げている。状況説明《ブリーフィング》まで、まだ少し余裕がある。

　エレベータの天井から吊り下げられたフロラに接続し、社内の動向を窺《うかが》う。今朝はいつもより感覚に飛び《グリッチ》が入っている。プチプチと触覚的なノイズが交じり、煩わしい。

　グリッチを無視して社内を探ってみると、早朝から走り回っているのは、フロラの電力システムを担当する部署、それから、僕の所属する特殊問題調査室のメンバーらしい。

　フロラのシステム開発・設計・運用改善を請け負う我が社において、調査室のメンバーはなにかにつけて早朝に呼び出され、ありとあらゆる原因不明のトラブルの調査を押しつけられる。柔軟で自律的な調査活動が許されていることの代償のようなものだ。

首に巻いたスカーフを整え、うなじの〈角〉を調整すると、僕は渋々ながら渦中へ滑り込んでいく。

五階でエレベータを降りると、オフィスには総勢二十人あまりの調査室メンバーの半数が出社していた。フリーアドレス制のテーブルやソファにまちまちに座り、資料に目を通したり、電話をかけたり、朝食のパンを忙しくかじったりしている。

天井からは着生植物を中心としたフロラが無数に吊り下がり、植物型宇宙人の船が大挙して押し寄せたかのような光景が広がっている。窓際には一メートル掛ける四メートルほどの長テーブルがあり、その端に先輩の楊《ヤン》さんが陣取っていた。僕が近づいたのに気づくと、よう、と言って手を上げる。

「今日、なんだか社内ルートワークの調子が悪くないですか？」

僕は楊さんの近くに座り、鞄《かばん》から映像紙を出しながら言った。映像紙は丸まった状態から展開し、硬質のボードとなってシステムを立ち上げ、オフィス内のフロラと接続する。そこに業務に関する大量の情報がダウンロードされ、フロラの計算資源を使って高速で分析整理され始める。

「ああ、変なパタンがルートワークに流れてるよな。屋上のフロラが少し乱れてるんだってさ。昨日の夜、物凄い雨降っただろ。風も強かったしさ」

なにが愉快なのか、わははと笑う。

機嫌の良さそうな丸顔に、黒々とした髪。楊さんは十年以上は先輩だが、今日も早朝出勤とは思えない溌剌《はつらつ》さだ。四十歳を境に少し太ってきたものの、健康そのものといった感じがする。

「ところで、今日のはグリーンベルト案件らしいな。電力系の社員が朝から大慌てだ」

「もしかして、送配電システムに異常があったんですか？」

「いやいや、そうだったらのんきに話してる場合じゃないだろ。うちで受注して試験的に動かしてた実験区域がいかれたらしい。発電絡みではあるけど、全体のシステムには影響ないんじゃないか？　調査室からは、お前を現地調査に送ることになると思う」

「まさか――だって、グリーンベルトですよ？」

「グリーンベルトだろうが近所の空き地だろうが、調査業務でのお前の役目はそうそう変わらないんだよ」

長テーブルにメンバーが集まってきた。ブリーフィングの時間になったようだ。僕たちの正面にある広い腰窓の透過率が下がり、投影用のスクリーンに変化する。

東京都区部の地図が映し出される。

そこには、大きく歪な環が描かれている。東は江戸川沿い、南は東京港湾臨海道路と多摩川沿い、西は環状八号線の外側、北は環状七号線の外側を結んだ、二十三区全体をほぼすっぽりと内包する直径三十キロメートルもの巨大環状緑地帯。東京に莫大な計算資源を提供する都市基幹フロラ、グリーンベルトだ。

五百メートルから三キロメートルまでの幅を持つ東京グリーンベルトはおよそ三百の区域に分けられ、日本演算緑地公社によって管理・運用されている。そのうちの六十五%、二百箇所近くが立入禁止区域だ。普通は大部分を低彩度の緑色に塗りつぶして表現されることの多いグリーンベルトが、内部の区域分けまで詳細に表示されている。

「今回トラブルが発生したのは、第二〇六区域。実証実験のために使用されることが多い、立入禁止区域だ。世田谷区玉川から、多摩川上流へ一・五キロの距離。時刻は、今日未明、三時半」

室長が、グリーンベルトの南西に位置する区域を指し示す。いつもはきちんと撫でつけてある髪が、少し乱れている。

「我が社はここで、最新の緑地発電システムを試験運用していた。詳しくは資料を見てほしいんだが、遺伝子操作した微生物と触媒を併用して、発電の高効率化を目指していたそうだ。電力システム部門の仕事だ」

植物の根に集まり余剰の有機物を分解する微生物を利用した緑地発電システムは、すでにグリーンベルト内で活用されている。太陽光発電と異なり、微生物の活動を制御することで需要に応じて発電量を調節できる。天然の蓄電池のようなものだ。

「制御対象の微生物の挙動をリアルタイム計算するために、同区域内の計算資源の一部を割り当てていた。どうやらその部分にエラーが生じたらしい。その結果、発電システムが過熱して区域内で小規模の火災が発生し、フロラと微生物が焼けてしまった。幸い、焼失したフロラの量は多くない。区域全体の計算資源量からすれば誤差の範囲内で、充分吸収できる」

「でも、グリーンベルトほど厳重な保守管理とセキュリティが施された植生でシステムエラーが起こるなんて、小火《ぼや》程度の問題じゃないでしょう」

ほかのメンバーが口を挟む。

「その通り。今朝の段階で、試験運用の関係機関で連絡を取り合い、緊急の調査チームを編成した。調査室からは、砂山くんに行ってもらう。いいね？」

室長は端の方に座っていた僕を見た。

数分の間に、覚悟はできていた。グリーンベルトを扱う以上、これまでに増して責任は重い。しかし、東京を支える巨大で神秘的なシステムの内部に入ることができるチャンスに、僕は静かに期待を感じている。

行きます、と端的に答えた。

ブリーフィングが終わると、早速、現地調査チームの名簿を眺めた。

高効率の緑地発電は我が社だけでなく、国や都にとっても念願の技術だ。大規模フロラ技術によって、計算資源においては世界の他の都市を一歩リードしている東京だが、フローラの使用する電力は馬鹿にならない。緑地発電でエネルギーを賄《まかな》うことができれば、都市の緑地整備は一石二鳥の事業となる。今回の試験運用はグリーンベルト全体に比べれば遥《はる》かに小規模のものだが、複数の大学の研究者も巻き込んだ、産学官連携の重要プロジェクトだったはずだ。

我が社には情報系のエンジニアや植生設計に通じた人間は多いが、フローラを構成する植物自体に由来する問題に対応できるかどうかは心もとない。僕は映像紙に名簿の詳細情報を展開し、目を走らせた。参考意見を求めることになるかもしれない植物の専門家を探す。

見つけた。

国立環境情報学研究所　専任研究員　／　博士（理学）

折口　鶲

＊

「おりくち・ひたき、です」

彼女は丁寧に発音した。

「読みづらい名前ですみません」

薄く微笑んで、彼女は名刺大の映像紙片《カード》に目を落とした。

「すなやま、――えと」

「ふちひこ、です。読みづらい名前ですみません」

「いえ、素敵なお名前ですね」

ヒタキはまた微笑み、カードに表示された〈砂山淵彦〉の上に小さな字で読み仮名を書き添えた。

印象的な微笑だ、と僕は思った。

彼女はすらりとした人だ。身長はおそらく、一六五センチメートルくらい。襟なしのブラウスの上に薄手のジャケットを羽織り、テーパーのかかった細身のパンツを穿いている。髪は肩甲骨くらいまでの長さだが、うなじの〈角〉を避けるように、左側に寄せて留めている。

年齢は僕の一歳上、二十八歳。この春に博士号を取得したばかりだ。

僕はヒタキのことを事前に調べていた。

若くして植物の情報処理に関する理論の一画を開拓し、数多くの植物種を新たにフロラ化することに成功した、天才植物学者。彼女の業績の目覚ましさは、植物と話ができるのではないかと噂されるほどらしい。実際、凜《りん》とした表情には、植物のような印象を受ける。

不用意に触れれば指を切ってしまう、鋭い葉を持つ植物のような――。

「どうかしましたか？」

カードに表示された彼女の名前と肩書を見つめ、僕が一、二秒黙っていると、ヒタキが怪訝《けげん》な顔をして尋ねた。

「い、いえ――お若いのに、植物学の専門家としてグリーンベルトの現地調査に招かれるのは、すごいことだと思ったので」

「招かれたというより、使いに出されたと言った方が正しいと思います。わたしのボスがこの技術開発プロジェクトのアドバイザをしているんですが、先生はいま海外に出張してしまっているので、代理として現場に出ることになったんです。わたしは立入禁止区域に入るのは初めてです」

ヒタキは控えめな口調で話すが、言葉の一語一語ははっきりとして、迷いや自信のなさは感じられない。

なるほど、と言って僕は辺りを見回した。

「どうやら新顔は僕たちくらいのようですね」

二子玉川《ふたこたまがわ》駅で電車を降りて十分ほど歩いた場所、グリーンベルトの深い森林の入り口付近にある、第二〇六区域管理棟。ガラスと木材でできた栗入り水羊羹《みずようかん》のようなその建物の会議室に、調査チームの十七人が集まった。午前十一時のことだ。顔ぶれはこの区域の管理責任者を含む公社の職員が四人、区域のルートワークの施工を請け負った建設会社からふたり、大学の研究者がヒタキ含め六人、そして我が社から僕を入れて五人だ。

「――砂山さんは、特殊問題調査室という部署なんですね」

ヒタキは改めて僕の名刺データを見て言った。

「ええ、今日のように問題が発生したときに、調査業務を専門的に担当するんです」

「調査業務というと――描出《レンダリング》ですか」

そうです、と言って、僕は癖でうなじに手を当て、〈角〉の位置を微調整した。

会議室で、区域の管理責任者の女性からごく簡単な状況説明を受けた。この場所から多摩川の上流へ向かってさらに一キロメートルほど歩いた地点が、火災の起こった場所だという。システム障害の原因については、誰も見当すらついていないようだ。

現場にはグリーンベルト内を歩いていく必要があるため、必要最低限のもの以外は会議室に置いていき、事前にボディチェックを受けるよう指示された。そして、管理棟の脇の重いゲートがゆっくりと地中に沈み、死角のない立体監視カメラに見つめられながら、僕たちはグリーンベルト第二〇六区域に入った。

森林は、外から眺めるよりも遙かに深く、しかし明るく感じられた。

僕たちは林床《りんしょう》の上に五十センチメートルほどの高さで張り渡されたアルミ材の仮設の歩道を二列になって渡り、事故現場へ向かう。

見渡す限り、二十五メートル前後の高さのシイ、カシ、クスノキなどを中心とした森林が広がっている。これら常緑広葉樹は硬い革のような表面の葉を持ち、一年を通じて落葉することはない。落葉は計算資源量を大きく変動させてしまうので、安定的な性能を求められるフロラのほとんどは常緑樹を主体とする。しかし、森林にはかなりの割合で落葉広葉樹も混ざっているようだ。

太い木々の間にはヤブツバキやサカキといった十メートル程度の高木が枝を広げ、樹冠より少し低い第二層を形成している。そのさらに下に繁茂する庭木程度の大きさの木々は、アオキやヒサカキが主だろう。

ウラボシ科やラン科の着生植物が、幾種類ものコケとともに林床や幹を柔らかく覆う。蔓植物が這い、低木の枝に絡みついている。木の根元にはぷちぷちと無数のキノコも生えているが、詳しくないため名前は分からない。

頭上のあちこちから鳥の鳴き声が聞こえる。動物の姿は見えないが、遠くで下生えが揺れる音が聞こえるような気もする。音環境が街中と異なるためか、聴覚から違和感が拭えない。

どこまでも深く広がる空間に、昔、友達と一緒に入り込んだ、高原の明るい林を思い出す。

深く息を吸ってみる。湿り気のある、静かな空気だ。コケの埃っぽい匂いがする。首の後ろの〈角〉に意識が向き、思わずレンダリングを試みてしまう。しかし、これほど広大なフロラに囲まれているにもかかわらず、いかなるイメージも描出できない。準最高クラスのセキュリティが施されたグリーンベルトのフロラは、紙一枚の厚みもないように〈角〉の感覚をすり抜ける。

「これが、立入禁止区域……」

僕は思わず呟いた。

「この辺りは、グリーンベルトの中でも特に深い森林ですね」

隣を歩いていたヒタキが応じた。

「多摩川沿いの区間と西側の陸上区間の交わるこの辺りは、グリーンベルト自体の幅が最も大きくなる場所のひとつですから」

「一、二度、浅いところまで入ったことはありますが、立入禁止区域の深いところまで入るのは初めてですね。グリーンベルト内で発生するトラブルのほとんどは公社の管理局が処理するので、僕のように調査業務を専門にしていても、こうして出向くのは稀《まれ》です」

グリーンベルトの半分以上の区域が立入禁止であるのは、計算資源を生み出す森林生態系を保全するためだ。他の都市に先んじてフロラの整備を都市スケールで推し進めた東京は、情報通信の最重要基盤を土地そのものに依っている。

「どんなに些細《ささい》なものでも、計画外の攪乱は最小限に留めたいということでしょうね。火災事故が起こってしまえば、そんなパタン創発への努力も台無しになりかねませんが……」

前を歩く公社の職員を気にして、彼女は小声で言う。

生きた植物を莫大な計算資源に変える本質的な働きは、森林や茂みという生きた空間の内部に生じる環境変化にこそある。植生内の環境が複雑で変化に富んでいればいるほど、フロラが創発する演算に利用可能な数学的秩序――パタンも多様になる。

植生に対する繊細な人為的攪乱を計画管理する公社の仕事によって、東京グリーンベルトは世界最高水準のパタン創発性能を誇っている。

歩道の左手の先には、直径十メートルほどの陽溜まりがある。あのギャップも、おそらく計画的なものだろう。樹冠で頭上を塞がれた空間がそれでも意外と明るいのは、森林のなかにぽつぽつと日光が降り注ぐスポットがあるからだ。倒木や幹折れによって樹冠に穴があき、そこが天窓のような役割を果たしている。日の当たる林床では明るい場所でしか生育できない植物が生きられるため、周囲の比較的暗い場所とは異なる植物群落が発生する。そういった異質な場所が内部に斑状《まだら》に生じることで、森林は組成が均質化することを免れているのだ。

一見すると典型的な照葉樹林だが、よく見ると、その異常なほどの樹種の多さに気づく。多種多様の樹木だけでなく、フロラのルートワークには組み込まれていない小さな草木やコケや地衣類、菌類、動物、昆虫たちも含めたすべてが立体的に関係し、パタンとして結実するのだろう。

「たった三十年あまりでここまで豊かな森林がつくれるとは、驚きです。僕は十八歳までシンガポールで育ったんですが、日本に来たときに飛行機から初めて見たグリーンベルトと東京の姿は、いまでも忘れられません」

「そうですか、シンガポールに。あちらではフロラはほとんど普及していないと聞いたことがあります」

「まあ、土地がありませんからね。向こうの政策は、フロラではなく量子コンピュータに希望を託してます。東京にいると、フロラによって変化していく世界のことがよく分かって、刺激的です」

「世界、ですか」

ヒタキは少し驚いたようだった。

「はい。単純に考えれば、フロラ技術で最も有利になるのは、熱帯多雨林を持つ赤道近くの国々です。現にスマトラ島やアマゾンは大規模な計算拠点地域として成長しつつありますよね。それに対して、発展した大都市と計算資源がとても近い距離で結びついているのが、東京の最大の強みだと思います。天然資源を武器にした、伝統都市と新興地域の競争が、この街にいると身近に感じられます」

「——都市をそのように相対的に考えるのは、なんというか、新鮮です。わたしはミクロスケールの世界にばかり集中しているので……」

彼女は頭上を覆う樹冠を見上げた。

「でもその強みが、大震災を契機にもたらされたものだというのは、皮肉なことです」

都心南部直下地震が起こったのは、二〇四九年。僕やヒタキが生まれる前のことだ。

震源は大田区、マグニチュード七・八。一月二十日の夕方だった。荒川両岸と環状八号線沿いの建物の多くが倒壊または焼失し、帰宅ラッシュや夕飯の支度の時間を襲ったパニックのなかで、三万五千人以上もの人が亡くなった。

その後の復興過程を通じてグリーンベルトは建設された。東京の人々は当時はまだ新しい分野だったフロラ技術を利用して、被害地域の外縁部をぐるりと囲む計算資源の森林をつくり上げたのだった。

僕たちの歩いているこの場所も、かつてはビルや住宅の立ち並ぶ街角だったのだろうか。緑の環のない、切れ目なく広がる首都圏の姿は、想像するのが難しい。そんな街はシステムとして、あまりにとらえどころがない。茫漠とした理解不能の場所にひとり放り出されたような底冷えを、不意に覚える。

僕は小さく首を振って、また懐かしい友達のことを少し思い出す。

大丈夫だ。僕はきちんと、この街に繋がっている。

「今回の事故、重大なものでないといいのですが……」

ヒタキはぽつりと言った。

「そうですね――もし今回の事故がグリーンベルト全体に被害を波及させるとしたら、計算資源開発競争が激化するいまの世界で、東京は現在の経済規模を維持できなくなるかもしれません」

僕の言葉に、彼女はなにも返さなかった。

その後は、足音だけが森のなかに響く。

森林の奥、その薄暗い樹間に抱え込まれた都市の運命の重さに、少し寒気がした。

計算資源というのはつまるところ、僕たちが未来を知るために必要な力だ。

僕たちは人工知能を通じて人間や社会の未来を見ようとする。潜在的な地政学的リスクに対応しようとする。今後の気候変動を予測しようとする。未だ存在しない難病の特効薬の効き目をシミュレートしようとする。大規模演算を可能にするグリーンベルトは、東京が希望に向かって進むための最大の伴走者だ。

そして僕も、未来を見つけるために、いまこうして東京にいるのだと思う。

寒気を振り切って、黙々と歩道を渡った。

事故現場には、まだ少し焦げ臭い匂いが漂っていた。

燃えたのは、幹の直径六十センチメートルほどのカシの木の根元だ。火災の痕と思われる二メートル四方程度の範囲が、森林に不釣合いなカラーコーンとバーで囲ってある。その中心に、酷《ひど》く焼けた箇所がある。

グリーンベルト内には、消火や有害物質の封じ込めのための設備が、草木に紛れて埋め込まれている。フロラが危険を感知すれば、防災設備が自動的に事の鎮圧にかかる。今回の火災も、大事に至る前にこれらの設備によって消し止められたらしい。

僕は区域責任者に渡されたアクセスキーを、〈角〉のなかで解凍した。

「やっぱり、地下に埋設していた発電設備が過熱して、一部が爆発したんだな。そして下生えに引火して、少しだけ燃え広がった」

我が社の電力システム系エンジニアが、身を乗り出すように火災痕を見ながら言っている。そして写真を撮り、同僚に合図する。合図を受け取った方は、僕には用途の分からない計測機器のようなものをケースから出した。

ヒタキは公社の職員のひとりと、カシの木の細胞状態の測定法について話している。建設会社のふたりは、瑕疵《かし》検査のためルートワークの一部を掘り起こす作業の相談を始めた。

それを横目に〈角〉に意識を集中し、レンダリングを開始する。

話し合い、動き回る人々の間に棒立ちになって、グリーンベルトの森林へ向けて感覚の根を伸ばす。僕は初めて東京の輪郭を撫でようとしている。自分が少し緊張していることに気づく。

現実の時間とフロラの全情報景観の時間にアンカーを打つ。同期が始まった。植物であるフロラの時間が、動物である僕の時間とダンスを始める。囁き声のイネ科の草たちの流す噂話が、音声のシャンデリアを頭上に吊り下げる。

（グリーンベルト全体への影響の波及は、今のところみとめられません。油断はできませんが、今回の事故がグリーンベルトを危機に晒《さら》すようなことはないと思いますよ）

（しかし、まだ事故原因については見当もついていない状況です――）

ヒタキが草木の間に分け入り、サンプルを採っているのが触覚的に分かる。自分が目を閉じているかどうかを確かめられなくなる。目蓋の状態など、僕にはもう重要でなくなる。風が舌の上を吹きわたっている。見えないだけで、僕たちの歩いてきた道には動物が沢山いたのだと気づく。彼らの影は輪郭を擦《こす》られ、動きの原型となっていく。

（原因が分からない以上、似たような事故がまた起こる可能性は充分にあります。もし仮に緑地発電用の微生物に原因の一端があり、それが今回使用していた新型微生物に限らないものだとしたら、グリーンベルトだけでも百以上の区域が問題を抱えていることになる）

（ベイ・ショックのような大事故がまた起こってしまったら……）

（当時の東京には、世界中の企業や研究所が、グリーンベルトを求めて計算拠点を移転し始めているところでした）

（東京が地位を回復するまでに五年もの時間がかかって――）

僕を俯瞰する視点が遥かに後退して、ランドスケープが次第に像を結んでいく。それはあくまで抽象概念のように、しかし五感の生々しい彩りをもって僕を包み込んでいく。

安らぎと好奇心が僕を満たす。レンダリングのはじまりにいつも僕に流れ込んでくる、心地よい感情だ。

ランドスケープが安定してきた。僕の時間が植物的な変拍子に転じる。ルートワークの無数の通路、断路、隘路《あいろ》を、僕の無数の根が探り当てていく。

滲んだような白昼夢が、悲しくリピートされる。

まがいもので溢れた世界の薄暗い翳《かげ》り。

人の声が無人称の銃声のように聞こえる。

何を考えているのか、しっとりと巨大な象が歩き、日が巡る。

空中を覆う送電線の織物が、紫色の空を音楽にしている。超絶技巧のピアノの曲を、無理やりチェロで弾いているような音楽だ。

僕はもう、発電システムと自分の血管との区別をつけることができない。今朝食べたグレープフルーツが、昼のマリンスノーになって僕の底に降る。

血が流れる。決して合流しない流れに向かって、流れている。

僕の身体が境界に至る。

歩いていた巨大な象が立ち止まり、こちらを見つめている。僕の向こうに、顔の見えない待ち人の姿を捉えようとしている。それを僕は少し悲しい気持ちで観測している。なにかがやってくるなら、早く来てくれ。

象と一緒になって、僕は待ち遠しく思う。

僕の根は、どこに伸びている。

少し不安になり、そのうちさらに不安になり、自分の立っている場所が分からなくなる。

しかし僕はもう、このランドスケープから目を逸《そ》らせない。

——助けて、ツグミ。


僕はそこで完全にランドスケープを捉えた。

そこから先に感覚したことは、僕の動物としての身体にはわずかな痕跡を残すのみだ。

風景は〈角〉を通して記録され、以後の僕によって人間の言葉に翻訳されるのを、静かに待っている。

2

小さな庭があった。

ささやかで手入れの行き届いた、初夏の母の庭。

青々とした茂みに浮かぶように、花たちが清潔な唇を開いている。鉄のアーチの白いツルバラは零《こぼ》れそうなほどだ。アジサイが午前中までの雨を受けて光っている。

白い壁の家には大きな掃き出し窓があり、そこから母が、庭で蝶を探す七歳のわたしを見守っている。茂みに囲まれた庭は街路からわたしと母をすっぽりと覆い隠し、わたしたちは世界から忘れられたようにして、ただ幸福でいた。

(ヒタキ、アジサイの花、選んで摘んでみて)

わたしは首を振った。摘んだら、枯れちゃうから、嫌。

(でも、摘まなくてもそのうち、枯れちゃうよ)

わたしは泣きそうになった。

（大丈夫だよ。植物は、一本一本っていうより、〈まとまり〉が大事なの）

まとまり？

（この庭みたいな、〈まとまり〉だよ。花が枯れても、株が死んじゃっても、その分新しい子たちを迎え入れて、庭はずっと続くんだよ）

本当に、ずっと？

（そうだよ。ちゃんと手入れしてれば、庭は死なないの。だからヒタキも、手伝ってね）

その言葉にわたしは安心し、どこか誇らしい気持ちになって、母からハサミを受け取った。

母がいなくなってから、忘れまいと抱えてきたことのうち、わたしがいまだ完璧に記憶できている、数少ないシーンのひとつ。

自分の研究によってフロラ技術を適用することのできた園芸種で小規模なフロラをつくり、その小さな庭が生み出すパタンをレンダリングしていると、いまでもあの母の庭を思い出す。母との思い出に触れているとき、わたしは本当に豊かだ。大学でフロラの研究を始めたときも、わたしは都市規模の植生システムにはあまり関心を持たず、自分の好きな植物たちを使って、母の庭のように輝くフロラをつくることばかりを目指していた。

フロラ。わたしが母と、そして世界と接続することを可能にする、植生型情報処理システム。

二〇一〇年代、植物の情報処理に関する国際的な研究者グループが、植物の環境応答メカニズムを利用した演算装置のアイデアを提出した。それがフロラの始まりだった。

動物は脳を中心とする神経系において、シナプス間の結びつきの強さを変化させることによって情報を処理している。この特性の模倣に端を発した人工ニューラルネットワーク技術が、今世紀初頭までの世界における知的システムの代表格だった。

一方で、植物においては別の問題解決の作法が優位になる。彼らは個々の細胞においてヒストンと呼ばれるタンパク質に修飾を加えることにより、状況に応じて遺伝子発現を制御している。そのような環境応答を電気刺激で制御することによって、生きた植物の全身の細胞で情報の読み書きを行うことのできる技術を、研究者たちは構想したのだった。

草木がわたしたちとは異なる、より微細で静謐《せいひつ》な思考をしているのではないかという直感を、わたしは当時の研究者たちと共有している。植物と話ができるなどと噂されたこともあるわたしだが、あの研究者たちこそ、植物の思考を理解していたのではないかと思われる。なにしろ植物の情報処理についての知見は黎明《れいめい》期に過ぎなかった当時の学術環境において、彼らは植物の生理に関する理論を分子的側面と電気的側面の両面から切り開いていったのだ。彼らはついには、情報を書き換えても植物の生育に影響を生じないヒストン領域を発見し、タンパク質の化学修飾の組み合わせとして情報をコード化することに成功した。

この植物コンピュータの構想から現在のフロラ技術の基礎が築かれるのには、それほど時間はかからなかった。地中に埋設した連絡根網《ルートワーク》によって一定範囲の植生を電気的に接続し、情報の統合と入出力をする通信端末部を設置することで、植生全体を環境センサを伴った計算資源として構築する。

植物細胞の内部で行われる情報処理はばらばらのものではなく、維管束系《いかんそく》を通じて伝達されることで個体全体で同調し、情報の拍動のように全身を巡っている。そのリズムと波紋こそが、植物の生み出すパタンだ。全身の細胞で分散処理される情報をひとつに統合し、まとまりのある意味や解を成立させる働きそのものだ。

フロラ技術は植生全体で行われる多様なパタンの創発と伝播を情報化し、それを演算に利用することを可能にした。それほど複雑でない土木工事だけで、わたしたちは既存のシステムを遥かに上回る経済性でスーパーコンピュータを得ることができるようになった。

植物に対して、人間とは異なる知性のあり方を感じるロマンティックな人々は、いつの時代にも一定数いる。そして、先史時代から続く彼らの精神の系譜は、二〇四〇年代以降の地球規模の技術転換として花開いた。フロラ技術は、人類を再び森林へと引き戻した。

わたしはそんな変化を生きた母の子宮から、その変化の結果であるこの世界へ産み落とされた。母はフロラの発展に関わった研究者のひとりだった。

あの母の庭はいまもどこかにあって、わたしのフロラのルートワークはそこに繋がっているのではないかと、ふと思うことがある。環状の森林にぐるりと取り囲まれた東京で、わたしは母の庭をこの世に再び現出させるために、情報の庭園に没頭している。

記憶から思考へと移りゆくわたしの意識が、現実へ向かって浮上していくのが分かる。わたしは目覚めようとしている。わたしは数十秒後にはベッドから飛び起き、冷蔵庫へと直行するだろう。

わたしという存在の底が抜けたような絶望的な飢餓感が、もう首筋までせり上がってきている。

*

ベッドから起き上がると、夏が始まっていた。

まだ六月下旬に差し掛かったばかりだというのに、どうやら梅雨は早々に明けてしまったらしい。空は晴れ渡り、朝の時点で、今日は暑くなると分かった。

東京の夏はシンガポールと似ている。どちらも突然で激しい雷雨に頻繁に襲われ、極端な冷夏と暑夏が交互に訪れる。僕が生まれる以前は、世界の気候はもう少し穏やかなルーティンを持っていたという。

映像紙を操作し、部屋のフロラに巡回セールスマン問題を送信した。パタン創発を促進するため、霧吹きで種々の化学物質をかけてやる。〈角〉をつけてフロラをレンダリングし、シンプルで馴染みのあるランドスケープに浸った。気に入った小品を聴くように、好みの重み付けをした最適化問題の演算を描出するのが、僕のささやかな日課だ。

まだ、身体の奥には疲労感が残っている。

五日前の現地調査でのレンダリングの影響は、凄《すさ》まじいものだった。あれほど広いランドスケープを探索すると、感覚の洪水に晒された全身が無自覚な疲労を蓄積し、後になって突然どっと疲れが表出する。

現地調査をした日のうちに、どうにか分析のアウトラインの設計まではたどり着いた。しかし、その後二日間は疲労でほとんど仕事が手につかず、概略的な分析を一旦終えるまでに、五日を要してしまった。

昨夜夕食を抜いたせいで、酷い空腹を感じる。

昨日のうちに買っておいたパック入りのコールスローを開け、鶏肉と一緒に皿に盛った。草食動物のように、キャベツをもそもそと咀嚼《そしゃく》する。

コールスローには国産野菜使用と書いてあった。国産野菜のうち安価なものは、野菜そのもので簡易的なフロラを構築して育成管理をしているらしい。成長した樹木とは異なり、短期間で大きく計算資源量を増加させる野菜は、安定的なフロラを構築するには向かない。

それでも、栄養状態の計測や最適収穫時期の計算はできるそうだ。

僕はおそらく、数日か数週間前まではコンピュータやセンサだったものを食べている。フロラだった頃の名残の情報は、僕の食べるキャベツにも残っているのだろうか。僕の舌では、細胞核内のタンパク質に残された情報の痕跡を味わい分けることはできない。

念入りに身支度をして、家を出た。

ヒタキとの打ち合わせ場所は、彼女の研究室だった。

博士号を取得してすぐに国立環境情報学研究所のプロジェクトチームに加わった彼女だが、郊外の研究所だけでなく、文京区にある古い国立大学の研究棟にも自分の部屋を持っているようだ。そしてその大学は、僕の母校でもある。

数年ぶりに訪れたキャンパスは、あいかわらず変わった建物で溢《あふ》れている。前世紀以来の古い建物にフロラを導入するための改修を施した結果、屋内に日光を取り入れるガラスの立方体やダクトが凹凸を帯びてレンガ壁を侵食している。その壁に外側からナツヅタが張り付いて、時代性も地域性も有耶無耶《うやむや》になった意匠の建物群と化しているのだった。

午前の授業中だからか、キャンパスに学生の姿はそれほど多くない。木陰のベンチに座った男女の学生が、ノート状の映像紙を覗き込んで小声で話している。会話の内容は聞こえないが、ふふふと笑い合う声だけが通り過ぎる僕に届く。ふたりは〈角〉をつけていた。

きっと、彼らを取り囲む学内共有フロラを浅くレンダリングして、一緒に風や光を感じながら話しているのだろう。

そのうち、僕の卒業した植生計画学科の建物が見えてきた。建物の傍にはそこそこの広さの植生試験用の土の広場がある。立ち寄ってみたが、人気はなかった。相変わらず静かな、やや埃っぽい場所だった。学生の頃はよくそこで昼食を食べたり、読書をしたりしていた。よく日の当たる心地良い場所だったと、じわりと懐かしさを覚えた。

そこから数十メートル歩くと、ヒタキのいる理学系研究棟がそびえている。僕の卒業後に改修工事を行ったようで、周囲の建物に比べるとやや整った印象がある。立方体のところどころを抉《えぐ》り取るように空隙が設けられ、そこから高密度の植生が繁茂している。

建物に入り、プロジェクトリーダーであり大学教授である彼女のボスの名前が記された部屋の前で戸惑っていると、ちょうど廊下を歩いてきたヒタキに声をかけられた。

「あ、砂山さん。お待たせしてすみません」

彼女は先日とほぼ同様の服装だったが、上着だけは少しゆったりとした、白衣とテーラードジャケットの中間のようなものを羽織っている。僕はといえば、いつも通りの夏用ビジネススーツにスカーフだ。

「すみません、いきなり打ち合わせをお願いしてしまって」

僕は頭を下げた。

「いえ、こちらこそ、先生が大変失礼しました。今回の事故原因の究明に関しては、できる限りわたしを代理にしたいと。ちょうど忙しい時期のようで……」

「信頼されていらっしゃるんですね」

「便利に使われているだけですよ」

ヒタキは謙遜《けんそん》するが、過度に自分を卑下するような雰囲気は全くない。

彼女の微笑は印象的だ。しかし、それは彼女の内面の表出というより、相手の警戒を解くための純粋な道具であるように感じる。自分の知性や自信、そつのない振る舞いが相手を萎縮《いしゅく》させてしまわないよう、配慮を込めて設計された表情であるように。

僕は、そんな彼女の気遣いが少し苦手かもしれない。妙に緊張して、身支度にも無駄に力が入ってしまった。

「今回のグリーンベルトの件には積極的に協力をするよう、先生に言われています。社会と関わるいい機会だと。わたしの部屋――場所はこちらです」

たしかにそれは研究室というより個人スペースだった。メンバーで共有しているであろう七十平方メートルほどの研究室をうまくパーティションで仕切り、各々に割り当てているらしい。彼女の空間はそれでも充分な広さで、天井まで届く本棚には専門書がぎっしりと並んでいる。

「ここは、実験や解析ではなくて、ペーパーワーク用の場所なんです。一応、プロジェクトの一部を取りまとめる立場でもあるので……」

僕を自分の場所に案内しながら、例の微笑を浮かべてヒタキが言った。

「さすがですね。まだ博士号を取ったばかりなのに。――この部屋では、重いシミュレーションを回したりもするんですか？」

僕は部屋の中央からぶら下がるシャンデリア型のフロラを指差した。直径二メートルの円盤状の輪郭のなかに、着生植物を中心とした多種の植物が高密度で統合されている。シャンデリアはライトダクトで導入された日光を浴び、透過光が部屋をぼんやりと緑色に染めている。

「ああ、これはわたしの趣味のようなもので、自作のフロラなんです。実験データの分析に使うほかには、空調と連動させて室内空気の制御をさせているくらいで、完全に性能を持て余しているんですが」

ヒタキはまた微笑む。

「この水準で、趣味ですか。僕は大学で植生計画を学んで、小規模なフロラについても勉強したんですが、こんなフロラをひとりで設計して組み立てるのはまず無理ですよ。なんでもできるんですね」

「そんな、なんでもだなんて――わたしが得意なのは植物の個体や小規模な集団のことだけです。シャンデリアならまだしも、森林のような空間的なシステムのことは、さっぱりですよ」

「折口さんは、いつからフロラの研究を？」

「学部生の頃から、ずっとです。高校時代から個人的に勉強したりしていたので、それも合わせると、もう十数年ですね。母親がフロラの研究をする植物学者だったので、その影響もあって……」

だった、ということは、もう引退したのだろうか。

彼女は僕に椅子を勧めた。

「わたしはいまは、先生と共同で、植物の電場《でんば》コミュニケーションについて研究しているんです」

自分も座ると、彼女は言った。

「電場？　ウムヴェルトに利用されている技術と同じようなものですか」

フロラの情報処理を描出するのに用いる〈角〉——ウムヴェルトと呼ばれるヒューマン・フロラ・インターフェース。二十センチメートルほどの長さの動物の角のような湾曲螺《ら》旋《せん》形状をしたこの器具は、フロラの通信端末部と人間の脳の間で、電場を利用した通信を媒介する。

「そうですね、近いです。人体の表面数センチを覆う静電気層を使って情報のやり取りをするのが、電場による通信技術の基本形でした。その技術が発展し、身体、特に脳の電気的システムとフロラの情報処理を繋げる技術にまで至ったものが、ウムヴェルトです」

「なるほど、昔大学で習ったような気がします。でも電磁気学は苦手で……」

「ウムヴェルトの基礎理論はかなり高等ですから、無理もないです。わたしたちの研究というのは、植物同士あるいは植物と動物の間で行われている電場を介したコミュニケーションの仕組みの解明、そして、その制御に関するものです」

「植物のコミュニケーションは、化学物質で行われるのだと思ってましたが――」

「もちろん、それもあります。動物と同じく、植物が持っているコミュニケーションの方法も多様だということです。電場を介したコミュニケーションの存在は六十年以上前から知られていました。ある種の花は、電場を用いてミツバチにシグナルを送るんです。彼らは蜜や花粉の貯蔵量に合わせて、ハチを遠ざけたり近づけたりと、積極的な働きかけをします。でも、植生スケールでの、つまり無数の個体間での複雑なコミュニケーションの実態については、最近になってようやく研究が始まったところです」

「植生スケールでのコミュニケーションですか。いまいちイメージが湧きませんが」

「そうですね――誤解を恐れずに言うなら、いわば集団テレパシーのようなものでしょうか」

「――テレパシー、ですか？」

予想していなかった疑似科学的な単語に、僕は面食らう。

「要するに、わたしたちの五感では感じられなくても、動植物は環境を一体的に捉えて、かなり緊密に情報のやり取りをしているのではないか、ということです」

「なるほど――それで、その研究は、フロラにどう貢献するんでしょうか」

「応用は本当に何十年先になるか分かりませんが、フロラ技術に寄与するところはふたつあると思います。ひとつが、フロラの通信技術の革新です。ルートワークを埋設する現在の方式よりもずっと柔軟に、植生をフロラ化できるようになるかもしれません」

「つまり、ある程度の密度で植物が生えていれば、それを電場でより簡単に相互接続して、フロラにできてしまうということですか」

「そうです。実際にどこまで簡単なものになるかは分かりませんが……」

「それで、ふたつ目は？」

「もうひとつは、フロラのパタン創発において動物や昆虫が相互にどのように関わっているのかを、明らかにできるかもしれないということです。現在は、動物の生態系をなるべく多様に保てばパタンも多様になるという、大雑把《おおざっぱ》な理解しかありませんから。植生における様々な生物間コミュニケーションへの理解が深まれば、より精緻な攪乱計画を立てて、グリーンベルトをさらに強力にできるかもしれません」

「フロラと、動物の関わりですか……」

フロラとコミュニケーションを取るのは、野生動物や昆虫だけではない。僕たち人間もまた、攪乱を通じてフロラに働きかけ、レンダリングを通じてフロラの情報を受け取っている。

フロラに接続したとき、特にレンダリングの安定するタイミングに生じる、不思議な時間の流れの感覚を思い出す。それは〈角〉が生み出す単なる疑似感覚として片付けてしまうにはあまりにも、植生の総体が持ち得る感覚として、説得力がある。フロラ技術はもしかしたら、人間が森で生きる動物に近づいていく、あるいは戻っていく、その過程にあるものなのかもしれない。

「フロラの未来を大きく変えるかもしれない、重要な研究ですね。僕には専門的すぎて、詳しい理解はできなそうですが……」

僕は感想を述べながら、少し見当を外したかと考えた。ヒタキの業績で最も有名なのは、フロラ技術を適用できていなかった植物種をフロラ化し、多くの種を計算資源に変えてきたことだ。今日の訪問も、そちらの知見を活かして事故原因究明の示唆を得ることだったのだが……。

ヒタキは僕が思案していた一瞬を見逃さず、話をまとめに入った。

「そんなわけで、実験や論文執筆ばかりの生活をしているんです。今回の調査で、久々に社会との具体的な接点ができたような気がします。わたしに協力できそうなことがあればなんでもおっしゃってください」

どうやら本題に入るタイミングのようだ。僕は映像紙を取り出した。先日記録したグリーンベルトのランドスケープの事後分析に関する情報を表示する。

「分析の結果、発電システムのフロラに異常が生じた原因が、ある程度分かってきました」

「まだ確証はない、ということですか」

「というより、概略的な分析では、事象の連鎖を途中までしか遡及《そきゅう》できませんでした。しかし、これ以上詳細な分析を進めるには広大なランドスケープ記録の下処理が必要で、それには一週間程度の時間がかかります。処理を待つ間、少しでも分析の手がかりとなる知見を集めておきたいんです」

レンダリングによって、僕たちはフロラの情報処理の全貌――ランドスケープを体感的に理解することができる。しかし、記録されたランドスケープは描出した人物の個人的な身体感覚の影響を受けるため、本人以外には正しく解釈することが非常に難しい。ランドスケープで理解した事項を人間同士で共有するためには、〈角〉から記録を呼び出して事後分析を行わなければならない。僕たちはほとんど一瞬で摑んだ問題を、それよりも遙かに遅々とした処理や概念化を駆使して、人間の言葉に落とさなければならないのだ。

「なるほど。その手がかりを得るために、わたしのような外部の専門家の協力が必要だということですね。お役に立てるかは分かりませんが――」

「いえ、まず折口さんにお話を伺いたかったんです」

「なぜですか？」

「取りかかりの分析で分かってきたことが、不可解というか、理解に困るものなんです。そこで、植物種を数多く計算資源に変えてきた折口さんの意見が参考になるのではないかと」

「そういうことなら、わたしは電場コミュニケーションではなくて、異端植物の研究の方のお話をするべきだったんでしょうか」

「異端植物？」

「ああ、すみません。未《いま》だにフロラ技術を適用できない植物種のことを、研究者仲間でそう呼んでいるんです。それで、不可解なことというのは、一体……」

「結論からいえば、あの区域の計算資源が、突然消失してしまったようなんです。三十分程度に亘って、全体の三割ほどの計算資源がごっそり消えています。それがフロラにエラーを生じさせ、緑地発電システムの制御が効かなくなり、火災が発生した。今回の事故の原因として遡《さかのぼ》れているのは、現状、その計算資源の消失までです」

　ヒタキの表情が変わった。涼しげな目が真剣な興味を帯びる。

「それは火災によるものでは——当然ないですね。それでは因果関係が逆になってしまう。それに、あの小火で被害を受けた植生は本当に微々たるものですし」

「グリーンベルトでは植物の成長や倒木も当然ありますよね。計算資源量は常に変動しています。かといって、それで使用中の計算資源のかなりの割合が消失するという可能性は、考えにくいです」

彼女は即答する。

「というか、ない、と思います」

「自然な倒木程度の現象なら、グリーンベルトのような巨大なシステムのなかでは必ず冗長性に回収することができます。フロラは生体ですから季節や天候の影響は常に受けていますが、ビルの緑化外壁のような貧弱なものならともかく、グリーンベルトがその程度で揺らぐことはないと思います。今回の発電管理システムのようによく設計されたものならばなおさらです」

同感だ。先日立入禁止区域に入ったことで、僕はそれを肌で実感した。あれほど緻密につくられ、複雑な計画のなかで動いているグリーンベルトが、自然攪乱程度で事故を起こすというのは考えられない。

「あの事故のほかには、ルートワークの切断も通信端末部の故障も見つかっていません。当然、予定外の伐採などもありません。植生のスケールで考えても、手がかりは全くなしの状況です」

「そこで、植生というまとまりではなく、個々の植物種に注目しよう、と」

「その通りです。計算資源が消失するという現象について、ミクロの観点から、心当たりはありませんか？」

しばらく思案した後、ヒタキは口を開いた。

「……たとえば、植物が計算資源化を拒んだ、とか」

「植物が――拒むんですか？」

たしかにフロラに組み込むことのできない植物は未だに多数存在する。しかし、あるときまでは何事もなく計算に用いられていた植生が、反旗を翻すことなどあるのだろうか。

「いえ、やっぱり違うかもしれません。わたしは百近い植物種をフロラに組み込んできましたが、一度接続できた種がフロラを拒絶することは一度もありませんでした」

ヒタキは少し俯《うつむ》いて、声を低くした。

「そんなことがあるとしたら、大きな変異が細胞スケールで生じているとか……。強い環境ストレスの影響、あるいは放射線による損傷など――」

「グリーンベルトにそのような異変が起きているかもしれないということですか」

もしそれほど強力な汚染が広がっているとしたら、プロジェクトや企業といった単位を超えて、グリーンベルト全体を揺るがす問題だ。

「すみません、いまの情報だけではなんともいえません。下処理の完了を待って、詳細分析をひたすら進めるのが最善かもしれません」

「そうですか……」

「あるいは——実験をしてみる価値は、あるかもしれません」

ヒタキは椅子から立ち上がり、しばしのためらいの後で言った。

「このあとは、お時間ありますか？」

ここまでの話を受けて、時間がないからお暇《いとま》しますとは言えない。僕は会社に一本連絡を入れ、彼女に同行することにした。

不謹慎かもしれないが、グリーンベルトやフロラのこれまで知らなかった側面に触れ、謎を解き明かしていくことに、僕は恐怖のような、慄《おのの》きのような好奇心を覚えている。東京の中核をなすシステムの謎を追っていくのだと思うと胸が高鳴り、身体が拡張されるような、不思議な充実を感じた。

＊

高さ三百メートルを超える樹木が林立している。

僕たちのいる地上とは異なる風の流れを受けて、木々はゆったりとしなるように揺れている。中で働く人たちが気づきもしないほど、ゆったりと。カーテンウォールが日光を受けて、柔らかい水晶の肌のようだ。

震災後しばらくして建てられた東京の高層建築物の一部は、あのように明らかに揺れるように設計されている。しなやかな変形能力と非常に長い固有周期を持つ構造物は、地震の周期を全く無視してしまうようにゆったりと大きく揺れる。

東京に来たばかりの頃は、中で働く人々は船酔いでもしないのかと思ったが、実際に上ってみると全く揺れを感じない。変位のスピードがあまりにもゆったりとしているだけでなく、床の設計に工夫があり、折り返しの際に働く慣性力をゼロに近づけているのだと聞いた。窓から見える地上の風景だけが、静かに動いていたのを思い出す。地球の自転を眺めているかのようだった。

超高層樹林などとも形容される西新宿の高層オフィスビル群は、東京のちょっとした観光名所だ。屋内でのフロラ運用のため、ビルは自然採光を最大化する節ばった形状をしている。その節々から青々とした茂みが顔を出し、常緑高木が空へ向かって枝を広げている。ひとつのビルがまるごと、垂直に空へと立ち上げられた緑地として機能しているのだ。

標高が百メートル高くなるごとに、気温はおよそ〇・六度下がる。三百メートルのビルの足元と頂上では、二度近い気温差が生じることになる。地表の放射熱と上空の風を考慮すると、気温差はさらに大きくなるだろう。そのため、超高層ビルに繁茂した植生は、垂直方向に微妙に異なる設計になっている。気候の差を内包した複雑な植生をビル全体で実現することで、超高層樹林は高いパタン創発性能を発揮する。

それを知ってか知らずか、巨大な樹木のようなビルの姿を新宿駅の展望台から眺めるのが、東京への旅行者のお決まりのワンシーンとなっている。

風雅で超然とした西の超高層樹林に対して、新宿駅の東側には十階建て前後の建物がぎっしりと集まっている。駅の北端から東へ向かって延びる新宿通り沿いには商業ビルが並び、横道に入ると飲食店が揃った雑居ビルが並んでいる。

「新宿は相変わらず、観光客だらけですね」

新宿駅の東口から西側の超高層樹林を眺めながら、僕はヒタキに声を掛けた。

東口の周辺は、平日の昼でも混み合っている。待ち合わせをする人々がベンチや柵に腰掛け、カードを弄《いじ》っている。映像紙のノートを広げて仕事をする会社員もいる。しかし、雑踏の大部分を占めるのは通り過ぎる観光客だ。駅前の風景にカードを向けて写真を撮りまくり、三次元地図をぐるぐると回し、見物先や買い物先の相談をしている。彼らが使っているのは、都が整備した公衆フロラの計算資源だろう。

「そう、ですね――」

研究室での怜悧《れいり》な様子と打って変わって、彼女の返事はどこか煮え切らない。

「折口さんは、新宿は嫌いですか？」

「実は、得意ではないです。特に夏は、あまりにも暑苦しいというか――」

「たしかに、この辺りには僕も圧倒されます。東京、銀座、それから僕の勤務先の吾妻橋の辺りとは、建物をつくる論理がまるで違います」

「砂山さんは、植生計画学が専門でしたよね。やはり建物には関心が高いんですね」

彼女は話しながら、こちらです、と僕を案内する。

「勉強したのは学部の四年間だけなので、専門というほどのものではないですが——でも、建築は面白いと思いますね。平たい地面に植生をデザインするのとはまた違った考え方が必要なので」

僕が大学で学んだ植生計画学では、フロラとして高い性能を持つよう、様々な植物を使って植生をデザインすることを学ぶ。ヒタキがフロラの単位となる植物の生理や情報処理について研究してきた一方、僕が学んだのはそれらの知見の応用だった。僕は大小様々なフロラを設計し、レンダリングで問題を見つけ、改善する技術を身に着けた。それと同時に学んだのが建築物へのフロラ導入設計の技術だった。

「植物とどう折り合いをつけて建物を設計するかという問題は、古代から現代まで常にデザイナーのテーマのひとつでした。それがフロラの誕生によって、切迫した喫緊の課題に変わりました」

「都市計画において緑地整備の重要性が増したのと同じように、ですか？」

「そうです。でも、建築の場合はそれ以上に悩ましい問題だったといえるかもしれません。都市には昔から緑地はあったけれど、建物と植物は異質で、しばしば対立するものですから」

「東新宿のこの状況は、その問題を上手く解決できていると思いますか？」

彼女はそう言って周囲を見回した。

新宿通りに並ぶ建物の多くは、通り沿いの正面に垂直のフロラの壁を抱えている。蔓植物や着生植物を中心とした植生で、土壌を全く必要としない。吾妻橋や銀座のビルの多くが正面にバルコニーや庇《ひさし》、出窓といった凹凸をつくることでフロラを整備するに相応《ふさわ》しい形態を模索しているのに対して、新宿通りのビルの正面は乱雑な印象で、波打って落ちる緑の滝の様相を呈している。

そして、高密なフロラの壁から、袖看板のような形状のガラス製の部材が無数に、場当たり的に飛び出している。大きさは幅七十センチメートル、厚さ二十センチメートル、高さは一階分から四階分まで様々だ。

それらは、フロラに覆われた正面から屋内に光を導入するための採光装置だ。屋外の昼光を集めて屈折させ、室内を明るく照らす役割を担っている。反対に、夜になれば屋内照明の光を集め、色とりどりの光の垂れ幕となって街路をぼんやりと照らすことになる。現在は正午近い日光を受けて、通り沿いを混乱させるようにキラキラと光っている。

採光装置は透明だが、色つきガラス製で社名や店名のロゴが入ったものも多い。四隅にささやかな飾りを持つものや、特殊なうねりや凹凸のテクスチャを持つものもある。フロラ導入以前のビルについていた看板と装飾と窓ガラス、それらが植物たちに押しのけられて折りたたまれ、厚みのある光の板となって、緑の滝のなかで気ままに増殖した。そんな混乱した変異の過程を思わせる光景だ。

フロラの壁と採光装置が作り出すエキゾチックな都市景観は、新宿を訪れる観光客が必ず写真に収める定番のひとつだ。

「まあ、美しく整ったデザインとはいえないかもしれません」

僕はヒタキの問いに答える。

「新宿は都市景観の専門家には不評みたいです。特に欧米の理論家にとっては、興味の対象ではあっても賞賛の対象ではないですね。東京はフロラの集積密度においては世界の先端に近い位置を走る立場ですが、フロラを都市景観と調和させることには失敗した。それが大方の評価でしょう。でもこれはこれで、僕は好きなんです。面白いと思います」

彼女は怪訝な顔をした。

「どこがですか？」

「新宿のような繁華街の通りを規定している雑居ビルの論理は、つまり縦に積むことです。その積層の中身は通りからは窺い知ることはできないけれど、あの採光装置が、その積層の中身を教えてくれるでしょう」

「あれがそんなに重要なんですか？」

「フロラが登場する前にこの街の意味を支えていたのは、ああいう袖看板だったんだと思います。この街で遊んだり働いたりする人たちは皆ばらばらに、ほとんどは互いに交わることなく生きてますよね。同じビルに入っていても、階が違えば人のあり方も全く違います。でも、袖看板がフロアの中身を少しずつ取り出して、ああやって縦に繋いでくれているからこそ、この街にはばらばらにならない意味が続いてきたんだと思います。街の意味を体現した袖看板と、街の表面を覆うべき植物。中身の論理と表面の論理。そのふたつの論理を突き詰めたデザインがあの採光装置なんだと、僕は思います」

採光装置の反射光が眩《まぶ》しい。僕は新宿通りの風景に目を細めた。人々は買い物に、遊びに、仕事に、それぞれの事情と速度を抱えて通りを行き過ぎる。きらめく採光装置と波打つフロラの壁が、街と植物の時間のなかに僕たちを包んでいる。

「シンガポールにいた頃、親に連れられてマレーシアやタイ、ラオスの田舎に旅行に行ったんです。それぞれ植生も暮らしもかなり違いますが、新宿を歩くと不思議と懐かしい気持ちになって、いろいろな田舎の風景を思い出します。異なる地域に住む同じ趣味の人間が、別の言語で奇妙に似た様子で話すような。不思議とそんな一致を感じます。それは、個々の空間が持っているパタンが、どこかで響き合うということなのかもしれません」

「――ふうん」

ヒタキは、初めて聞く声を出した。思わず出てしまったという油断に満ちた、無防備な感心の声だった。

「な、なるほど」

自分の出した声に気づいたのか、彼女は取り繕うように言った。

僕たちは新宿三丁目の交差点で右折し、南へ向かう。

ヒタキは黙って考え込んでいるようだった。なにか気になることがあったのだろうか。

「砂山さんは――」

しばらくして、彼女は呟くように口を開いた。

「なんだか不思議な人ですね。世界が変化していくことや、自分が生きている場所について――いつも分析するような、相対的な観方をしているように見えます」

ヒタキが突然僕の人柄について話し始めたので、とても驚いた。

「そ、それは――お叱りですか？」

「え、違います！　そんなんじゃありません」

僕が思わず口走った間抜けな発言を、彼女は少し感情的になって否定した。

「でも、ただ醒めた人なのかと思ったら、さっき新宿通りのビルや東南アジアの田舎について話しているときは、共感や愛着、慈《いつく》しみのようなものがあって、驚きました。どこに根を下ろしているのか、よく分からなくて、不思議です」

僕はなんと答えていいか困惑したが、彼女が真面目な顔をしているので、自分も真面目に答えようと決めた。

「僕は――自分でもそのことについて、考えている途中なんです。いまの世界のなかで、なぜここに暮らしているのかと」

フロラ技術の基礎が確立してから、もう五十年あまりが経過した。僕が物心ついてからの二十年の間にも、世界はゆっくりと、それでもたしかに感じられるスピードで変化している。地球上の数箇所に大きく偏っていた人、富、情報が、別の極へと移動しつつある。

「僕たちはいまや、自然環境に与える悪影響を最小限に抑え、土地の持っている天然の条件と折り合いをつけ、それでいて高度に情報化された生活を享受できる世界を目の前にしているのかもしれません。そこに新しい時代の倫理があって、生活があるのかもしれない」

しかし、僕たちの世界が近代と呼ばれる大きなからくり時計であることをやめ、別のなにかになろうとしているのか、そうでないのか、僕にはまだ判断できない。

今世紀に入ってから、日本の地方では多くの自治体が名前を失い、村や町を畳み、人間の暮らした場所が自然に朽ちるに任せてきた。そのなかで東京を中心とした首都圏だけは、震災を経てもなお、今世紀前半の人口と経済規模を維持している。東京という土地と都市に合わせて緻密に設計されたグリーンベルトが生み出す、無尽蔵にも思える情報処理の恩恵。僕たちはその恵みを利用し、都市を高度に管理し、ぎゅうぎゅうに押し合いながら、遙かに広い国土を維持している。区部を緑の城壁で囲んだ東京は、静かに世界の田舎になっていく日本という国でほとんど唯一、国際的なネットワークに組み込まれた点だ。

「変わっていく世界のなかで、いま立っている東京という地点は、僕にとってどんな意味があるものなのか。まだ、確信が育っていないんです」

「東京が砂山さんのいるべき場所なのか、それともどこか別に、理想の場所があるのか」

「そういうことでもあると思います」

ヒタキはしばし思案した。

「――場所への愛」

「え」

「わたしの先生がよく言うんです。ランドスケープに触れるとき、人間が感じているものは、場所への愛なんだと」

「場所への、愛」

意味はよく分からない。けれど、どこか勇気づけられるフレーズだ。

「砂山さんはレンダリングが得意なんですから、きっと場所を愛することができる人なんだと思います」

「それは、ありがとうございます」

ヒタキは得意の微笑を返した。しかし、それはどこかぎこちなく、そのためか、かえって安心するような笑顔だ。

彼女の静かなはにかみに親近感を覚えつつ、小さな気泡のような嫉妬を自覚した。彼女は僕と違って、きっと愛する場所への道を知っている。彼女のたどることのできる温かい経路に、久しく感じていなかった興味をそそられる。

――それにしても、先ほどからヒタキの導くままに歩いているが、なかなか目的地に着かない。

「ところで、新宿御苑への道は、これで合ってるんでしょうか」

彼女ははっとした顔で周囲を見て、ばつの悪そうな顔をした。

「すみません、道を間違えたみたいです……」

彼女は眉尻《まゆじり》を下げた。本来、様々な表情をする人のようだ。

「――砂山さんは、地図は得意ですか？」

＊

広い庭園は初夏の花盛りだった。

種々の草木の、明度と彩度の異なる緑色が眩しい。緑の視界の海に、無数の金平糖《こんぺいとう》のように花弁がちりばめられている。花で彩られた園路の向こうには、グリーンベルトに匹敵する巨木と、薄暗い林床が見える。年配の人々の集団や子ども連れの夫婦が、庭園をふわふわと散策している。

　ここに来るのは初めてだとヒタキに言うと、彼女は心なしか得意そうな様子になった。

「ここは太平洋戦争以前は、新宿御苑という名前の皇室の御料地だったんですが、そのさらに前は農業試験場でした」

　随分昔の話だ。

「戦後は国民公園新宿御苑として開場し、百年にもわたって維持されていました。震災でもあまり被害を受けませんでしたが、二十五年ほど前にフロラ研究のための重要参考緑地として、環境省所管の研究施設が整備されました。新宿御苑研究所では、未だにフロラに組み込むことのできていない植物種の研究を行い、その過程や成果を公開しているんです。そういう意味では、この場所のはじめの用途に部分的に戻ってきたといえるかもしれません」

「なるほど。異端植物――でしたっけ。しかし、どうしてここに？」

「都の中心部に存在する四つの巨大緑地――明治神宮と代々木公園の一帯、赤坂御用地、皇居、そして新宿御苑。これらの緑地の植生はどれもフロラ化されていませんが、ひとつだけ、グリーンベルトの植生と密接な関係を持っている緑地があります。それが明治神宮です」

彼女は南西の方角を指差す。ここから明治神宮までは歩いて移動できる距離だ。

「明治神宮の植生は、元々広大な荒れ地だった場所に神社をつくるために整備された人工林です。一九一〇年代当時の日本を代表する造園学者たちを集めて、全国から献上された樹木によって森林を形成しました。野原から低木の茂みになり、それが明るい林になり、いずれ薄暗い広葉樹林として安定するという、植生遷移の考えに則《のっと》って植樹が行われたんですね。そして三十五年前、グリーンベルトの建設が検討された頃には、境内の森林はいわゆる極相林《きょくそうりん》――多様なパタンを創発する動的安定状態に至っていました。そして、神宮の森という成功例は、グリーンベルト計画のモデルとして参照されることになったんです」

「なるほど。でも、照葉樹林はグリーンベルトだけでなく、フロラそのものの規範じゃないですか」

「巨大緑地計画の考え方が、より小規模のフロラにも適用されたんですよ。ビルの外壁や屋上のフロラも、基本的に照葉樹林のミニチュアです。だからこそ、そのモデルに適合しない植物は、緑地から追いやられることになりました」

ヒタキは庭園を眺める。

「新宿御苑は、そんなフロラの世界から零れ落ちた植物種たちの場所なんです。わたしたちは冗談含みで異端植物なんて呼びますが、彼らは現在のフロラ技術の観点から見れば非常に不安定な存在です。砂山さんの見込み通り、グリーンベルトでの事故が植物種自体の問題に起因するとしたら――」

「グリーンベルトのシステムに適合する植物種と、異端植物との違いが、計算資源消失の原因を理解する手がかりになるかもしれない。そういうことですか」

彼女はこくりと頷いた。

温室までの園路をふたりで歩いた。御苑の入り口付近はソメイヨシノやケヤキといった落葉広葉樹に囲まれていて、普段常緑の木ばかり見ている目には新鮮だ。木々の足元には種々の低木が繁茂している。そのうちに視界が開け、広い芝生が続く一帯に出る。ユリノキやプラタナス、ヒマラヤスギなどの巨木が、おおらかに影を落としている。名前は分かるが、実際に見かけることは多くない。フロラの中心である常緑広葉樹ではないからだ。フロラによって人間と植物の距離は近くなったのだろうとは思うが、逆に遠ざかってしまった種もあるのかもしれない。

木々の影の下で人々は昼食を広げたり、寝転んだり、シャボン玉を飛ばしたりしている。きっと百年前にも、同じような昼のひとときがここにはあったのだろう。

日影の茂みには水を撒《ま》いたらしく、見たことのない紫色の鞠《まり》のような大きな花が、しっとりと光っている。僕はヒタキに尋ねた。

「これはなんていう花ですか?」

「え――これは、アジサイです」

彼女の驚いた様子に、僕は少し慌てる。

「――アジサイ？」

知っていて当然の植物なのだろうか。こちらも一応専門家としてヒタキに協力してもらっているのに、これではフロラに関する知見を決定的に疑われてしまう。僕の当惑に逆に慌てたように、彼女が補足してくれる。

「これも異端植物のひとつです。実はこれは花びらではなくてガクに当たる部分なんです。装飾花というんですよ。日本から西洋に伝わって、向こうで園芸種として品種改良されて逆輸入されたのがこの品種、セイヨウアジサイです。もう少し歩くと、日本の固有種のガクアジサイも植えてありますよ」

「へえ、さすがですね。園芸もお好きなんですか？」

「え、ええ――そうですね」

彼女は俯き、一瞬のうちになにか思案したようだった。失礼なことを言ってしまっただろうかと思いかけるが、そういう様子でもない。

しばらく歩くと、木々の間から温室が姿を現した。

タンポポの綿毛が風に吹かれ、空中へと分解していく一瞬のクライマックスを、鉄とガラスで再現したような建物だった。

全体的な形態は、直径五十から七十メートル程度の、下部が地面に沈んだ球状だ。金属でできた部材とガラスの面が不安になるほど繊細に互いを支え合い、球の輪郭をかたちづくっている。左手から吹いてきた強い風に煽《あお》られたかのように、球はやや潰《つぶ》れるかたちで歪んでいる。そして、右上の一部でついに崩壊し、温室の輪郭を形成する繊細な部材とガラスが、上昇しつつふわりと解けている。その解けた部分で、温室の内外の境界は曖昧《あいまい》になっている。一部が外気に開放された温室らしい。建物にしてはあまりに儚く、しかし確かな技術で撮られた写真のような安心感をもって、研究所を兼ねた鑑賞温室は僕たちを迎えた。

フロラの普及以後、建物の形状にも小さくない変化があった。ひとつの方向は、フロラを屋内で運用するために自然採光を最大化する形態を追い求めること。もうひとつの方向は、建築を植物からの類推《アナロジー》を用いて設計するという古くからのアイデアを、どこまでも推し進めていくことだ。この建物は日光を最大限に取り入れるガラスの温室で、かつ植物の生命現象そのものを建物のかたちに氷結させようとしている点で、ふたつの方向を同時に追い求めたものといえるかもしれない。

「変わった建物ですよね」

ヒタキが僕の顔を見て言った。

「あの輪郭の曖昧な部分のガラス片の群れで全体的な気流を操作して、そこに機械設備の力を加えて内部の空気状態を調整しているそうです。環境差を作り出して、砂漠の植物と熱帯多雨林の植物がほんの数メートルの距離で同居できるようになっています」

そういう仕掛けのための綿毛の建築か。

「そしてそのなかに、人間のための場所もあると」

「ええ」彼女は笑う。「さすがに研究施設は密閉されていますが。こちらへどうぞ」

屋外の強い日差しを受けてかなり蒸し暑いだろうと想像したが、温室の内部は驚くほど快適だった。歪んだ玉の内部にはゆったりとしたスロープが大きく螺旋《らせん》を描いており、内部を回遊しながら観賞できる設計になっている。

螺旋の中央には木材を複雑に組み合わせた巨大な杉玉のような構造物があり、そこには小さな喫茶店やトイレ、休憩所とともに、地下へ向かう入り口が設けられている。

地下一階まで降り、半透明の白い壁に囲まれたロビーを抜け、ドア横のプレートを読み流しながら真っ直ぐな庭下を突き当たりまで歩いたところに、彼女の部屋はあった。

自動ドアを開けると、高校の教室ほどの広さの空間に、緻密な点描画のように野原が広がっていた。水耕栽培のためのテーブルに整然と並べられた、王国の城壁の外にいる植物たち。花も草も苗も、見たことのないものばかりだ。部屋はやはり半透明の白い壁で囲われており、廊下を通る研究員や事務員の姿が、壁の向こうに亡霊のように見える。

「先ほどお話ししたテレパシー――電場の研究以外に、わたし個人で進めているのが、異端植物の研究です。いわばわたしのライフワークですね」

　彼女が学生時代から取り組み、多くの成果を上げてきた研究だ。

「この研究所には随分昔からお世話になっていて、いまは、その研究のための栽培室をお借りしているんです」

「では、ここに並んでいるのは、全部——」

「そう、異端植物です。正確には、その多数派を占める、花を咲かせる一年生植物です。フロラの設計に、花はまず用いないでしょう」

「言われてみればそうですね。ツバキやキンモクセイなど、花の咲く木は使いますが」

「一年生植物をフロラにしたところで、ルートワークをいちいち整備することに手間がかかりすぎますから、そもそも顧みられないんです。わざわざフロラを構築するのは野菜くらいです。常食される野菜をフロラに組み込む研究は、園芸種の研究に十年は先んじて進んでいます」

　僕は今朝食べたキャベツを思い出す。

「わたしはその研究を引き継ぎ、これらの花々にフロラ技術を適用するため、理論の発展を試みました」

「しかしどうして、花をフロラに組み込むことにこだわるんですか？　フロラにせずとも、花には観賞という用途があるじゃないですか」

「フロラを草地や庭園にも拡張できれば、世界のより多くの場所で低コストの計算資源を確保できるから――」

そう言いかけて、ヒタキはくすりと笑った。

「というのは、表向きの理由ですね。わたしはごく単純に、花で覆われた世界を夢見ているんです。グリーンベルトの代わりに巨大な花畑の環が東京を取り囲み、建物が色とりどりの花で覆われた世界を」

随分とロマンティックな動機だ。

彼女はテーブルの上に並んだ植物の苗たちを愛《いと》おしげに見つめている。森林の話よりも花の話をしているときの方が、遥かに楽しそうに見えた。

「すでにこの五年ほどで、園芸種をフロラに組み込む技術は、大部分が確立されつつあります。だからわたしは次なる対象として、昆虫に注目しているんです」

「電場コミュニケーションの研究が、そこで繋がるんですね。つまりすべては、花畑のため――」

僕がそう言うと、彼女は目を見開いた。

「本音の部分では、そうなんです。草木の間を飛び回ったり、植物を餌や巣としたり、蜜や樹液を吸ったり、ときには植物の生態を利用して生存に有利な状況を形成したり。昆虫は植生のパタン創発の複雑さを何倍にも押し上げる存在です。昆虫と植物のコミュニケーションの方法がより詳しく分かれば、一面の花畑を森林並みの計算資源へと変えられるかもしれない。さらに電場通信ができれば、一年草の弱点であるルートワーク整備の問題を解消できるかもしれない、と。もう、手の内が完全にばれてしまいましたね」

ヒタキは悔しそうな声色をつくるが、表情は明るかった。

僕には庭園を嗜《たしな》む趣味はない。しかし、青々と草が生い茂った野原の姿をしたフロラなら、いいかもしれない。懐かしい高原の夏を僕は思い出す。

ツグミと過ごした夏。

彼との約束に、僕は近づけているだろうか。

「それで」僕は本題に移る。「計算資源の消失について、どうやってヒントを得るんでしょう」

「フロラに接続できていない植物種は、その理由において、大きくふたつに分けることができます。計算資源として利用可能な、植物の生命維持に悪影響を及ぼさないヒストン領域が特定できていないために、情報の書き込みによって植物の遺伝子を誤作動させてしまう。これが第一の理由です」

「つまり、植物が生きることと計算資源であることが、矛盾してしまうと」

「そういうことです。でも、それは地道に研究を進めれば解決できる。わたしが学生時代につくった理論は、利用可能なヒストン領域を効率よく特定する方法に繋がりました」

おそらく重要な功績であろう発見を、彼女はあくまでさらりと言い流す。

「ただ、利用できるヒストンが解明されても、依然としてフロラに安定的に組み込むことのできない植物が存在するんです。その理由、つまり第二の理由が、ヒストンに読み書きした情報を植物が勝手に変えてしまうということです。遺伝子的な解析では生存に利用されるはずはないと思われるヒストン領域の修飾も気紛れに変えてしまうので、計算資源としてどのように使えばいいのか分からないんです」

「つまり、ほかの植物とは別の仕方で、ヒストンを使っている植物がある、ということですか」

「その通りです。彼らはわたしたちの知らないなんらかの活動に、ヒストンを使っている。計算資源として制御下に置くことがとても難しいじゃじゃ馬なんです。先ほど見た、アジサイもそのうちのひとつですよ」

僕は淡い朝の光のような丸い花——ではなくガクと言っていたか——を思い出す。よく見ると、水耕栽培のテーブルにもそれらしき株がある。

ヒタキは鞄から映像紙を取り出してテーブルをぐるりと回り、アジサイの株の植えてある箇所でなにかを確認し始めた。

「このテーブルの植物たちは、実はフロラ化されているんです」

「え、でも、異端植物なんじゃ……」

「そうです。でも、異端植物であるからといって、フロラにできないわけではないんです。ただ、制御できず、システムの安定性を著しく損なうというだけです。つまり、全く実用的ではないけれど、異端植物でフロラをつくることは可能です」

ヒタキは映像紙で確認を終え、僕の方を向いた。

「テーブルのフロラに、負荷のかかる大規模な演算をさせてみます。しばらく計算資源として使っていると、そのうちフロラの処理にエラーが生じると思います。きちんと設計されたフロラなら、情報処理には保険をかけて複数のサブシステムで行いますよね。でもなんらかの理由でその保険が利かない状況——それをここで簡易的に再現しますが、そんな状況で重要な処理にエラーが起こった場合、演算が一挙に破綻する可能性はあるでしょう。その際のランドスケープを覗けば、それがグリーンベルトで起こった計算資源消失と同じものなのかどうか、判断できます」

「なるほど……」

「ただ、実は異端植物のフロラをほかの人にレンダリングしてもらったことが、ほとんどないんです。わたしの場合はこれまで問題ありませんでしたが、なにしろ不安定なので、少し危険かもしれません」

「大丈夫です。僕にレンダリングさせてください。万が一危ないと思ったら、すぐに切断しますから」

ヒタキはしばらく思案した。

「分かりました。ウムヴェルトの準備をお願いします」

彼女の手さばきは優秀な花屋のようだった。

栽培テーブルの表面に指を滑らせ、内蔵されたルートワークを接続していく。瞬く間に、アジサイを中心としたごく小さなフロラが組み上げられた。

僕は〈角〉でアクセスキーを解凍し、彼女がこちらに頷くと、合図を返した。

彼女はアジサイの株の近くで映像紙を操作した。僕はなにか目に見える反応を期待したが、火花も爆発音も起こるはずもない。

「終わりました」

十数秒後、ヒタキはこちらを向いて言った。

「たしかに演算が破綻して、実行不可になりました。フロラの計算資源はいま、かなり不安定になっているはずです。パタンが洗い流される前に描出してください」

僕は今日出会ったばかりのアジサイを見つめる。かわいらしい見た目だが、君はなにを考えているんだ。

異端植物フロラに接続すると、狭い部屋に閉じ込められた感じがした。それはどこにも繋がっていない。ごく狭い領域で、逃げ場もなく完結している。

味も香りも感じない。渇きの感覚がある。苦しい。誰かに見られているような——同時に、誰にも顧みられていないような、苦しさがある。

ランドスケープが安定しない。白い背景に、断片的なイメージがごく不明瞭な滲みとなって連続するだけだ。ヒタキは、こんな難度のレンダリングを日常的に行っているのか。

「これは、かなり難しいですね」

僕はランドスケープを探りながら、ヒタキに言った。

「風景が見えなくて、重力感や、滲みのようなものしか感じません」

白い部屋が溶けて、テーブルの上の花たちが極彩色の雨のように、視界からどこかの深い穴へ落ちていく。

「え？」

ヒタキの声が、くぐもって聞こえた。

「わたしがするときは、そんなことはありませんが――」

僕は部屋からもヒタキからも切り離されて、滲みのほとりに立つ。立ち尽くしている僕の足元から、波立った滲みの縁が次第に後退し始める。

「砂山さん、大丈夫ですか？」

内部に充実していた感覚が、引き潮につられて僕のなかから流出していく。

「砂山さん？」

引き潮は僕の内容物をさらって、そのまま遠くの水平線へと無限に後退していく。身体まで引かれそうになり、突然怖くなる。

（聞こえてますか？　切断してください！）

ヒタキの声が鐘の音のように聞こえるが、意味が分からない。

見上げた視野に、突然、深い紺碧《こんぺき》の空が広がる。奇怪な鳥が飛んでいる。

僕は地面から引き剥がされて、その空へ向かって落ち始める。

落ちていきながら、鳥の声がサイレンに変わる。

ずっと、サイレンが鳴っている。

ずっと。


僕はランドスケープを捉えた。

いや、ランドスケープに囚《とら》われたのかもしれない。

そのとき、かろうじて感覚の一部が残った僕の身体は、白い地下室の机に向かって倒れ、研究用の大切な花たちを押しつぶし、みっともなくずるずると床に伸びていきつつあった。

ヒタキは冷静だった。僕を抱き起こそうとし、非力な彼女にはそれが無理だと分かると、僕の〈角〉に外部から有線接続してフロラとの接続を切った。救急車が来るまでの間、彼女は医師に説明すべき事項をまとめながら、僕の気道を確保し、呼びかけてくれた。

ランドスケープの残滓《ざんし》のなかに沈みながら、僕はそんな彼女のことを、もっと知りたいと思っている。しかしその気持ちもやはり、以降の僕によって長い時間をかけて人間の言葉にされるのを、待っているのだ。

3

大学に入学したばかりの四月、僕は目眩《めまい》を起こして倒れた。

春、サクラの花びらが祝いの日から剝離したペンキのように浮いている並木道の水たまりに右肩から倒れ、誰かに助け起こされるまで、漫然とハレーションに浸っていた。仔細は全く記憶していないが、水たまりが冷たくて少し気持ちがよかったことだけは覚えている。

医師にはストレスが原因だと言われた。シンガポールから東京に移住して二ヶ月、さらに大学入学という環境の変化が心身に負担をかけたのだと。僕は納得し、相場通りに自律神経失調症という診断名を頂戴し、数日休んでから大学に復帰した。

僕の母語はシンガポール流のピジン英語だったが、現地にいた頃も家では日本語を話した両親のおかげで、日本語は日常的には充分な水準で話せた。意味が理解できず困る経験は、専門用語を除けばほとんどなかった。

にもかかわらず、僕は同級生たちが話していることをうまく理解できなかった。

彼らはいつも小声で、短く、暗号文を交換するような話し方をした。一瞬の目配せによって機を捉え、文脈から引き剝がされれば意味のほとんどを失うような語彙《ごい》と構文によって、彼らはキャンパスを囁き声で埋め尽くしていた。大学のフロラを〈角〉で常に浅くレンダリングして、僕には理解できないある種の環境的文脈をイメージとして共有した上で、あくまで共感を確認するためだけのように音声を用いる会話形式。

そのなかで、僕は明らかに異物になっていた。そして、僕が異物であることは彼らの囁きのなかで共有されているようだった。

大学一年生の初夏は薄く流れていった。あるいは季節ではなく、僕の方が流れていたのかもしれない。同級生たちが扱う浅いレンダリングにはなかなか慣れることができず、誰もいない植生試験用の広場で昼食を取り、読書をして、日々をやりすごしていた。日当たりが良く、静かで、埃っぽいその広場だけが、安心できる場所だった。広場を出ると、キャンパスも東京も、とらえどころのない広すぎる場所だと感じた。細部まではっきりと見通すことができるのに、息のできる水面が見つからない、明るい淵だと思った。

結局、夏休みが近くなっても、僕は同級生たちの会話にとけ込むことができなかった。大きな丸い氷になったような心境だった。大きすぎてグラスの口に入らず、待っていても一向に解けず、豊かな酒に浸されることができない氷。夏休みがくれば、僕はグラスの上から冷凍庫に戻されるだろう。そしてそのまま取り出されないかもしれない。憧れていた神秘の都市の中心で、僕は神秘の呪文を習得できず、氷の夏を目の前にして途方に暮れていた。誰かに打ち明けようにも、シンガポールを拠点にあちこちを飛び回る快活な父には相談しにくく、母にはもう長いこと会っていなかった。

そんな七月の上旬、僕はまた昏倒《こんとう》したのだった。

学内医の勧めで検査を受けた大病院で、僕の心が〈角〉の機能の一部に同期していないことが分かった。正確には、動物的な情動を司《つかさど》る脳の扁桃体《へんとうたい》と〈角〉との間で次第に強化されるはずの神経回路が、僕の頭のなかでは着工すらしていなかったらしい。

僕は思考においてはたしかにランドスケープに触れ、理解していたが、それを情動的な側面において受け止めることが全くできていなかったということだろう。同級生たちにとってみれば、僕は情動を解さない機械のように感じられていたのかもしれない。

診断によれば、その同期不全が慢性的なストレスとなり、自律神経を攪乱していたのではないか、とのことだった。フロラに専門的に関わる学問や職業を志すなら、早いうちに対策を講じたほうがいいと医師は言った。

僕は二ヶ月以上にも及ぶ長い夏休みの半分を使って、ある種の精神医療施設に行くことになった。元々、軽度の精神疾患の患者がストレスの少ない環境で治療に専念するための施設だが、高密度のフロラが存在しない環境で〈角〉の使用を訓練するのにも都合がいいため、近年はそういった利用も増えているということだった。

東京から新幹線で一時間半、さらに送迎バスで二時間揺られてたどり着いたのは、関東北部の高原だった。施設は、樹木の疎《まば》らに生えた高原の草地のなかにぽつりと光っていた。近くに牧場があるらしく、堆肥《たいひ》の匂いが風に乗ってうっすらと届いていた。

建物は棍棒で殴打されて前頭部のへこんだ頭蓋骨を思わせた。色も漂白された骨格標本のような、三階建ての病院風建築物だった。建物の百メートルほど遠方を円形に取り巻くように雑木林が広がっていたが、〈角〉をつけないよう医者に言われた僕には、それがフロラなのかそうでないのか判断できなかった。

施設では映像紙の上に躍る奇妙な模様を見せられ、それがなにに見えるか答えた。文章を読み上げられ、そこからイメージする植生の姿を絵に描いた。奇妙な体操をした。映画を見て感想を言った。重いヘルメットを被ってピリピリと刺激を受けながら眠った。カウンセラーと対話した。そういった無数の検査を受け、僕の治療アプローチは決定した。

「認知行動療法という方法です」

若い療法士は僕に言った。

「砂山さんのなかにある、勝手に浮かんできてしまう思考、認知の偏りを修正していくんです」

「病院では、僕の症状は脳の器質的な問題だと聞いたんですが」

「そうですね。しかし、レンダリングはできていたんですよね」

「はい。でも、ランドスケープを情動的に受け止めていないのが、問題だと」

「それは、本当に問題なんでしょうか。必ずしも、情動でランドスケープを捉えなければならないわけではないと思いますが、どうですか？」

「え」

「情動というのは、感情とは違います。情動は動物としての快・不快で、さらに単純化するなら、要するに興奮です」

「興奮——」

「そういう動物的本能を交えずにランドスケープに向き合えるのも、才能のうちだと思いませんか。慢性的なストレスさえ避けられれば、問題はないのではないでしょうか。仮に砂山さんに問題があるとしたら、それは脳ではなく、どこか別のところにあるのではないですか」

　そう言うと、療法士は僕に握手を求めた。

　僕の一日のトレーニングは、午前中いっぱいと、夕方に二時間ほどだった。一日に限られた時間だけ〈角〉を装着することが許されていたので、施設内の小規模のフロラをレンダリングして、勘を忘れないようにした。後の時間は〈角〉を装着しなければなにをしても自由だった。

施設には地下階もあり、建物の外見に比べるとかなり広く感じられた。入院患者の正確な数は分からないが、百人以上は確実にいただろう。見たところ年上ばかりで、僕は廊下ですれ違っても誰とも話さなかった。たまに患者の誰かが暴れ、職員に取り押さえられていた。

自由時間に自室にいると気が詰まりそうで、僕は施設の周りに広がる草地に頻繁に出かけた。草地には二十メートル以上の間隔をとって低いエゴノキが植えられていて、僕と同じように空気を吸いに来た患者たちが、それぞれ木の狭い陰に隠れるように座ったり寝転んだりしていた。走れば三十秒でたどり着けそうな雑木林まで行ってみようかと思いつつ、エゴノキを離れることに空恐ろしさのようなものを感じて、午後の自由時間を僕は雲ばかり眺めて過ごした。

その日も同じく草地で寝ていると、他の患者に出くわした。

エゴノキの陰に姿を見かけることはあっても、屋外で他人に接近するのは初めてだった。向こうは意図的に僕に近づいてきたようにも見えたし、僕がいるとは知らずに木陰を目指してきたようにも見えた。

「――こんにちは」

ややあって彼は言った。僕より少し年下だろうか。

「こんにちは」

僕は療法士以外との会話を二週間以上していなかったことに気づいた。

「ここ、座りますか？　僕はそろそろ帰ろうと思ってたところなので」

「いや――」彼は雑木林に目をやった。林の上で、疾《はや》い雲が崩れていく。「――高校生ですか？」

「え、ああ、僕は大学一年です。東京からここに」

「俺も――もともとは東京です。高校、二年です」

彼は背が高かった。一八〇センチメートル近い。痩せているが骨格はしっかりしていて、線が細いという感じはしない。髪は長く、耳がすっぽり隠れるくらいはあった。日差しを受けて、黒というより栗色に見える。目元の彫りが深く、まっすぐ通った鼻梁《びりょう》が強い印象を残した。丈の長い麻のシャツの裾が、風にふわふわと膨らんでいた。

彼は草地に手をついて、二メートルほど離れたところに座った。午後の日が色素の薄い髪を透かしている。日陰にいる僕の目には眩しいくらいだ。久々に歳の近い人と話す気まずさと期待めいたものに急《せ》かされて、僕は尋ねた。

「ここにはどれくらいいるんですか。僕は八月の間だけですけど――」

彼はこちらを見た。奥行きのある目元が陰になって、僕の位置からは瞳は暗く見える。

「俺は――結構長いです。この春から、出たり入ったり、通ったり――」

そのとき、建物で十六時の予鈴が鳴るのが聞こえた。

僕は立ち上がりかけた姿勢で次の言葉を待ったが、彼は困ったような表情を浮かべて僕の方を見るばかりだった。

「えーっと」僕は建物の方を目で示した。「また、今度話しましょう」

彼は会釈をした。

風の出てきた草地を建物に向かって歩きながら、会話のぎこちなさにひとり赤面した。

次の日も彼は木陰に来た。

「ふじばかま・つぐみです」彼は名乗った。「姓は『源氏物語』の藤袴、下の名前の方は藤田嗣治《つぐはる》の嗣に、木の実の実で、嗣実です」

変わった自己紹介だ。

「僕は砂山淵彦」年下の高校生にどんな言葉遣いをすればいいのか、悩みながらも名乗り返した。「淵彦の淵は、累ヶ淵《かさねがふち》の淵――です」

『源氏物語』に対抗して怪談の名前を出してみると、彼は食いついたようだった。

「幽霊譚とか神話とか、好きなんです」

ツグミは病気で高校を休んでいるらしい。一年の三分の一を、娯楽もほとんどないこの施設で過ごすのだと言っていた。十七歳の少年にとってそれはあまりに退屈ではないかと思ったが、不貞腐《ふてくさ》れた様子もない。図書室になぜかきちんと取り揃えられている古典文学や美術書に退屈のあまり手を出したらしく、高校生にはやや不自然な教養をツグミは持っていた。

一見したところ、彼はクラスで人気者になるような明るい雰囲気があった。こんな骨格標本のような施設で埃をかぶったハードカバーを開いているような人間には見えない。話しているうちに解《ほど》けてきた表情は、まだ幼く見えるところもあるが、こちらの背筋を正すような不可視の光を帯びていると感じた。おそらく精神疾患で入院しているのだろうが、彼のように明るく利発な少年がどんな疾患に苦しんでいるのか、僕には想像できなかった。

それからの施設での日々は、たびたびツグミと過ごした。

自分たちの症状のことを話さないのは、ふたりの暗黙の了解だった。僕たちの関心が一致したのは、主に美術の話だった。とはいえ、ツグミは僕よりも遥かに博識で、鋭敏な文化的嗅覚があるように思われた。僕が年上の立場を取り繕ったり知ったかぶりをしたりするのをやめるのに、時間はかからなかった。彼にも敬語で話すのをやめてもらった。

「淵彦は、シンガポールではなんて呼ばれてた？　フチヒコって英語圏の人には言いづらそうだ」

僕は自分のニックネームを思い出し、言うのをためらうが、その様子をツグミは見逃さない。

「なにかあだ名でもあったのか」

「ああ、まあ、一応」僕は早々に観念した。「——アビーって呼ばれてた」

「アビー？　なんかかわいい感じだ」

ちょうど指摘されたくなかったそのことを言われて、僕は苦笑いする。

「小さい頃、淵彦って名前の意味を友達に聞かれて、父親に尋ねたんだ。そうしたら、淵彦は、世界の淵——つまり深いところを覗く男、って意味だと言われた」

僕はシンガポールの家の、父の書斎を思い出す。そこで、淵とは英語でなんというのかを教えてもらったのだった。

「それで、僕の名はabyssって意味だと友達に言ったら、いつの間にかAbbyと呼ばれるようになってた」

「なるほど」ツグミはこれまでの僕との会話で、最も感心した様子だった。

ツグミは面白がって、その後はアビーと僕を呼んだ。最初は言わなければよかったと後悔したが、そのうちにどうでも良くなり、数日経《た》つ頃には、ツグミのよく通る声で呼ばれるアビーという名を気に入りかけてすらいた。

「アビーは、どうして日本に来たの」

「どうしてだったんだろう」

「なんだよ、曖昧？」

「いや、はっきりしてるはずなんだけど。僕は、フロラの勉強がしたくて東京に来たんだ」

「フローラ――そうか」

「どうかしたの？」

僕はツグミの顔を見たが、その柔らかい表情に変化はなかった。

「いや、なんでもない。でも、ちゃんとあるじゃん、日本に来た理由」

「ああ。毎日ランドスケープに触れながら暮らすのは、きっと素敵だろうと思ってね。実際そうだった。僕はランドスケープが好きだ。感覚に溢れていて、その感覚をきちんと追っていけば、感覚の背後に仕組みっていうか、秩序を持ったうねりみたいなものを、確かに見つけられる」

「いいじゃないか。東京は楽しい？」

「楽しいよ、たぶん。でも、憧れていた東京が、いまは少し怖い。大学でうまく人と関われなくて」

「大学なんて、世の中の一部じゃないか。俺にはよく分からないけど、気に病むほどのことじゃないよ」

年下の高校生に励まされている自分に呆《あき》れてしまう。しかし、ツグミの言葉は安心をもたらす。彼の声は優しい。

「そうだと思う。本当は気に病むほどのことじゃないんだ。だからこそ、学科の同級生に馴染めない程度のことを気に病んでいる自分自身に、僕はショックを受けたんだと思う。シンガポールにいた頃に感じた東京やランドスケープへの憧れは、場所への憧れだったんだ。東京で、ランドスケープに触れながら暮らせば、そこが僕の居場所になると思ってた。だけど、少し人間関係で困っただけのことで、東京で生きることが急に寒々しくなった。ひとまとまりの自分の街だと思っていたものが、理解できないルールに満ちた、手に負えないばらばらの場所になってしまった」

「ばらばらの場所？」

「そう。東京はなんだか、ひとつの街じゃないみたいだ。縮尺の違う地図をテープで継ぎ合わせたみたいで、場所と場所が上手く繋がらない。大きすぎて、複雑すぎて、そのなかでどう暮らせばいいのか分からない」

「シンガポールは、もっと単純だった？」

「そんなことないはずだけど、考えれば分かることが多かったよ。東京は、考えても分からないことが多い。仕組みとか状況とか、総合的に感じなくちゃいけないことが多い気がするんだ。でも、現実はレンダリングできない。背後にあるものを一度に摑み取ることができない」

「なら、無理に日本にいることないんじゃないかな。俺もできれば外国に行きたいよ。金があればなあ」

「うん、そうかもしれない……。でも、それでも東京には、なにかがあると思ったんだ。グリーンベルトを飛行機から見たとき、そう思った。東京は、世界全体と同じようにばらばらで、捉えどころのない大きな複合体なんだと思う。あんな東京を、僕たちがそれでもひとつの都市と呼ぶ理由が分かったら、きっといまよりもずっとたしかに、世界を見通せるようになると思う。そうすれば世界のどこかに、本当に気持ちいい場所が見つかるんじゃないか。そう思うんだ。僕はシンガポールでも東京でもなくて、そこに行きたい」

「――そうか」

風が吹き、ツグミの髪がさらさらと揺れた。

「じゃあ、アビーが東京の謎の答えを見つけて、俺が金を稼いだらさ――ふたりでその、気持ちいい場所を探しに行こう」

そういってツグミは、気のいい笑顔を僕に見せた。

「――そうだね。約束だ」

僕も久々に笑った。

しばらく、僕たちはぼうっと座っていた。日が傾いてきた頃、ツグミが言った。

「アビー、コルヌコピアって知ってる?」

「こる――なに?」

「コルヌコピア。コルヌー・コピアイなんて言ったりもするかな。英語だと、horn of

plenty。ギリシア神話に出てくる豊穣の角のこと」

「豊穣のツノ？」全く初耳だ。角と豊穣に一体どんな関係があるのだろう。「ツノって、ウシとかヒツジの？」

「惜しいな。正解はヤギの角。アマルテイアって分かる？」

「え、確かゼウスと関係のあるヤギ――だったかな」

「そう。ゼウスは赤ん坊のとき、父親に飲み込まれそうなところを母親に救われて、クレタ島でこっそり育てられたんだ。そのときにゼウスを世話したのが、牝山羊――ニンフともいわれるけど――のアマルテイア。彼女は自分の乳をゼウスに飲ませて育てたらしい。

――で、これがコルヌコピア」

ツグミはポケットからA5サイズほどの折りたたまれた紙を取り出した。図書室のメモ用紙だ。開くと、なにかの絵があった。本から鉛筆で描き写したものらしい。正確な筆致で、模写にしても上手く描けている。

それは角の絵だった。巻き貝のような螺旋形状を持ち、細くなる先端に向かうにつれてゆるやかに湾曲した、内部が空洞の角だ。以前なにかの資料で見た、角杯《かくはい》と呼ばれるものの類《たぐい》。工事現場にあるカラーコーンが変形したようなかたちといってもいいかもしれない。そして、横向きに倒れたその角の空洞の内部から、花や果実に見える植物が溢れ出している。洒落《しゃれ》た買い物客がバスケットをひっくり返したように、あるいはフルーツ好きの人に送る誕生日の花束のように。どことなく見覚えのあるような、そうでないような不思議な絵だ。

　僕が絵を見て戸惑っていると、ツグミは先を続けた。

「これはアマルテイアの角なんだ。彼女の角からは、神々の酒であるネクタルと、神の食べ物であるアムブロシアが溢れていたという。アマルテイアの角が折れたときにゼウスが祝福したからとも、ニンフがそれを果実で満たしたからともいわれてるけど、とにかく、この角からは豊かな実りが無限に溢れ出すんだってさ。ヨーロッパやアメリカでは、これで大地の実りや無限性を表現した時代もあったらしい」

　ツグミは全く滞りなく説明する。僕は感心するが、一向に話の要点が摑めない。

「で、それを最近調べてるってこと？　一体なんのために？」

「似てると思わないか」

　ツグミは改めて絵を僕に見せる。角だ。角――。

「もしかして、ウムヴェルトと？」

「そう」

「まあ、似てなくもない」

　言われてみればどうということはない。ツグミの絵に感じた既視感は、たしかに〈角〉によるものだ。コルヌコピアよりも〈角〉の方が明らかに細く小さいが、似ているといえば似ている。

〈角〉の独特の螺旋形状は、レンダリングの際の電場の展開に必要なものらしい。春に大学で教わったことだ。だからといって、ヤギが高速データストリームを使っているはずはない。彼らは成長する上での都合から螺旋を生成するだけだ。

数秒の間、ツグミはなにかをじっと考えている様子だった。そして口を開く。

「コルヌコピアがもたらす豊穣というのは、なんのことだろう」

「それは当然、食べ物のことなんじゃないか」

「そう――かな。食べ物なら、なぜ角から出るんだろう。ゼウスを実際に育てたのはアマルテイアの乳だろ」

僕が返答に困って唸っていると、ツグミも唸るように低く言った。

「角から出る花や果物は、食べ物というより――なんというか、そう――贈り物であるような気がする」

「おくりもの」

角から湧き出る、無限の贈り物？

「そう」ツグミはしばらく沈黙したあと、丸まっていた背中を正した。「――と、まあ、そんなことを考えてるんだ」

先ほどまでの思い詰めた表情から一転、あっけらかんとしたツグミの顔に、僕は安堵した。

なぜツグミは神話上のモチーフにそこまで注目しているのだろう。僕は基本的に実利的な人間なので、彼の思考の目指す先に、うまく焦点を合わせられない。レンズが合わないせいで、彼の見る風景を写真に収められない。もどかしい気持ちになる。

しかし、そんなツグミの謎めいたところに、僕は惹《ひ》きつけられてもいた。新しい暮らしに翻弄され、安心できる場所を求めているだけの僕に比べ、彼の孤独な思索はより創造的で、美しい理想の世界に向けられている。彼と一緒にいれば、世界の淵をもっと深く覗いても、きっと大丈夫だという気がした。

ツグミは立ち上がった。

「そろそろ効かない認知療法の時間だから、戻るよ」

「うん、じゃあまた」

僕に会釈で返すと、ツグミは施設の建物の方に向き直って、ぽつりと言った。

「ウムヴェルトをつけると、本当に山羊になってしまったような気がした。それも、家畜の山羊」

「え？」

「いや——じゃあまた」

建物に向かうツグミの髪を、風が揺らした。

ならばそれは、さらさらと柔らかい毛の、優しい山羊だろう。そう僕は思った。

その日は快晴だった。草地は静かに、熱く遠慮のない陽光を受けていた。

午後の最も暑い時間が終わる頃、僕とツグミはいつものエゴノキの小さな影のなかにいた。遠くから夕方が、さらにその後ろに澄んだ夜がゆっくりとやってくるのを、僕たちは待っていた。

僕の入院期間は終わりかけていた。とにかくいきなり倒れたりする危険性は脱したはずだと、療法士に言われた。ツグミからはメッセージ送信用のアドレスをもらっていたが、東京に戻ってひとりで生活を再建することへの不安は大きかった。

僕たちの話題は尽きかけていた。

なにしろ話題を提供するような取り計らいなど考慮されたこともないような施設だ。あるものは古典文学と美術書ばかりの図書館と、外の草地と、遠くに見える雑木林くらいのものだった。

だからその日、僕たちは最後の選択肢として、林がどこまで続いているのか確かめることにしたのだった。

世間から隔離されたような施設とはいえ、なにも軟禁されているわけではない。行こうと思えば林を抜けてそれぞれの家に帰ることだってできるのだ。それをしないのは、ただ僕たちが分別のある若者だからだ。

施設と外界を繋ぐ唯一の車道とは反対側の、比較的職員の目が届きにくい一画へ向かって、僕たちは歩いた。酷暑のなか、ときどき風がぶわりと吹き、ところどころ禿げた草地を揺らしていた。ツグミの半袖の腕にたっぷりと散布した虫よけスプレーの匂いが、風の方向によって気紛れに僕に届いた。

雑木林にはすぐに着いた。せいぜい百メートル程度の距離だ。施設からはとても遠く感じられていたが、行くと決めてしまえばほとんど労力もかかることはない。

コナラやクヌギ、アカマツが中心の明るい森林だ。林床には多年草が繁茂している。きちんと手入れされているとはいえないが、定期的に人の手は入っているようだ。

そして、思っていたよりも遥かに深い奥行きがある。

僕はそこで、微《かす》かな怯《おび》えを感じた。

「この林、深いよ」

ツグミの方を見た。

彼は呆然としていた。

僕が声をかけると、ツグミはびくりと身体を震わせてこちらを向いた。

「ああ、ごめん。そうだね、深い。思ったよりも」

「どうかした？」

彼は俯き、数秒思案した。

「この林、フロラかな」

「えー——分からない。でも、施設がこんなに大規模なフロラを使うかな。たぶん違うと思う」

ツグミは、そうか、と呟くように言った。

「フロラだとしても、人がふたり入ったくらいでトラブルが起きたりはしないよ。そんなにきちんと整備された植生じゃない。後で怒られないか、心配してる?」

「や——」ツグミは僕の言葉に、少しむきになったようだった。「そんなわけないだろ。行こう」

僕は先行するツグミを追って、林床の低い草を足で掻き分け、雑木林に踏み込んだ。

林のなかにはところどころ樹木が伐採されたことによる陽溜まりがある。僕たちは真っ直ぐ進むのではなく、陽溜まりから陽溜まりへと点々とたどるように、ジグザグに奥に踏み入っていく。

歩き続けても雑木林は明るいままだが、下生えが深く繁茂した歩きにくい場所に行き当たるようになった。もうそろそろ引き返してもいいかと考えていると、隣を歩いていたツグミが立ち止まった。靴紐でも結ぶのかと思い、何気なく会話を続ける。

「そういえばツグミは、学校ではなんて呼ばれてるの」

返答はなかった。

振り返ると、ツグミは立ったまま眠っていた。

おかしな表現だと思うが、ほかに形容のしようがない。

ツグミは立ったままゆっくりと揺れながら、目を半分閉じて、ただ静かに浅く呼吸していた。僕はどうしたのかと声をかけるが、反応はない。さらに近づこうとすると、ツグミは膝を折ってその場に崩れ落ちた。

「どうしたんだ！　ねえ！　おい！」

僕はツグミを抱き起こす。こんなに暑い日だというのに、林床はしっとりと湿って冷たいくらいだ。

彼はなにかを話しているようだった。唇が動いて、喉が低く鳴っている。しかし言語としては不明瞭で、内容があるのかどうかも分からない。

僕は周囲を見回した。話しながら、かなり深いところまで来てしまっていた。周囲は明るい林床で、見通しが利かないわけではない。それでも、木々の間に草地の明るい日差しは見えず、林は全方位にどこまでも続いているように感じられる。

いうなればここは、水平の明るい深淵だ。

助けを呼ばなければ。

ツグミの左半身を背負うようになんとか担ぎ上げ、目につく範囲のことさら大きな陽溜まりに連れていった。下生えを蹴り払って彼を寝かせると、水分補給用に買っておいたペットボトルの水をリュックサックから出した。

「ツグミ、とりあえず、水飲んで」

呼びかけると、ツグミはようやく目を開けた。かすれた囁き声で僕に問いかける。

「俺は——誰だ」

「え」

「だれ」

僕は混乱しながら答える。

「——ふじばかま、つぐみ!」

「つぐみ——そうか、俺——」

そう言って、ツグミは再びなにも言わなくなった。

僕はツグミをうつ伏せにし、彼の左足を折り曲げ、彼の左手を首の下に入れた。うろ覚えの回復体位だ。手間取るが、どうにかツグミの姿勢を落ち着けた。

「苦しい?」

呼びかけるが、返事がない。うう、と唸るような声だけが漏れている。

「いま助けを呼んでくるから、ここにいて」

そのとき、近くから草を踏み分ける音がして、僕は振り返った。施設の制服を着た職員が三人、僕たちに向かって走ってきていた。

「もう大丈夫だから」そのうちのひとりが僕の肩に手をかけて言った。「彼から離れて、こちらへ来なさい」

僕は素直に従おうとしたが、そのときツグミが目を開けた。僕に向けて、再び問いかける。

「アビー、行かないでくれ。もう少しで――」

ツグミの目は盲いたようにあらぬ方向を走査しながら、それでも爛々《らんらん》と輝いていた。額に汗が粒となっている。

「どうしたんだ。僕はここに――」

言い終える前に、僕はツグミから引き剝がされた。僕を押さえた職員以外のふたりが、ツグミを担架に乗せる。職員はなにも言わず、僕の腕を引いて施設への道を引き返した。握る力は強くはなかったが、腕を振り払おうとすると急に手首を締め付けられた。そんなふうに無遠慮に自由を奪われるのは、初めての経験だった。

異常な事態を前にした衝撃と混乱が、遅れてやってきた。目が回り、足元が怪しく崩れていくように感じた。

この明るい淵で、ツグミから否応なく引き剝がされていく。憧れた国にいながら、僕は都市にいても森にいても、翻弄されるばかりで、無力だ。職員の腕の力を感じながら、そう思った。

　大人の腕を振り払おうとしながら、運ばれていくツグミに叫んだ。

「ツグミ！　僕は、ここにいるぞ！」

　職員が警告するように僕の腕を強く引いた。肩に痛みが走り、う、と声が出た。僕はそれでも抵抗しながら、担架の上のツグミを見た。

　ツグミもこちらを見ていた――と思う。


　僕はそれから施設に連れ戻された。

「あの林は、患者さんが迷い込んでも見つけられるように、フロラ化されているんです。密度は低いですが」

　僕を椅子に落ち着けてから、担当の療法士が言った。

「砂山さんは大学でフロラについて学んでいるので分かると思いますが、植物の体を通じて環境計測をして、林のなかの人間の状況をモニタリングできるんです。藤袴さんはたまに発作を起こしてしまうので、林に入ってからの様子を見守っていました」

「監視していたということですか」

　自分でも驚くほど冷たい声が出た。

「そうですね。みなさんのためです」

「ここから患者が逃げてもすぐに捕まえられるように、ですか」

「そうです、それもありますね。いずれにしろ、フロラのおかげで藤袴さんを素早く助けに行けました。――砂山さん、なにを怒っているんですか」

僕にもよく分からない。ひとりではツグミの発作に対処できなかった。それは確かだ。けれど、不可視の滑らかな仕組みが素早く事態を収拾した、その流れるような過程に、僕は言い知れない苛立ちを覚えた。そんな怒りは八つ当たりだと、自分でも分かる。けれど、行かないでくれとツグミが言うのに、無神経に引き剝がされ、引きずられてきたことに、納得できなかった。

「……いえ、ありがとうございました」

僕は自室に帰り、しばらく後で、退院の予定が早まったことを告げられた。

次の日から施設のなかやエゴノキの陰でツグミを探したが、結局、その後彼に会うことはなかった。僕は彼の個室の場所すら知らなかった。療法士も教えてくれなかった。

施設のある高原から駅へと向かうバスのなかで、ツグミのことを考えた。雑木林での出来事は、それ自体が中途半端な悪夢だったように感じられた。僕に沸き起こったあの悔しさ、怒り。それは、どこからどうやって生じたものだったのだろう。自分がまだほんの子どもなのだということを、僕は高原で知った。

結局、僕の扁桃体はその後も〈角〉と折り合いはつかず、ランドスケープを情動においては捉えられないままだった。しかし、動物的な恐れや欲求に邪魔されることなくレンダリングを行えることはかえって強みとなり、僕を特殊問題調査室へと導くことになった。

ツグミにもらったアドレスにメッセージを送ったが、返信はなかった。節目節目に一方通行の便りを送り続けていたが、その頻度も徐々に減り、大学の卒業式の日が最後になった。

アドレスが間違っていたのか。それとも彼は返事ができない状況にあるのか。

連絡を取ることを諦めても、エゴノキの夏陰のなかで交わした約束のことだけは、いつまでも考え続けた。

――アビーが東京の謎の答えを見つけて、俺が金を稼いだらさ――ふたりでその、気持ちいい場所を探しに行こう。

思い出すごとに、草地に降り注いだ陽光は明るく、木陰は深く、ツグミの声は優しく、僕を包み込む。

ツグミ、僕はまだ、東京にいる。

風が吹いている。暖かい風が乱流を描き、その軌跡が螺旋の塔を撚《よ》り上げる。風は直角の要素にぶつかっては無数の子どもたちに分かれ、彼らもいつしかトポロジカルに柔らかい寝床に入り、やがて結婚する。

そのなかに僕たちはいる。僕たちは大地に根を張った風だ。かと思えば、風に根を張った大地だ。視点が無数に分岐し、再接続し、僕たちは自分自身を固定的な文で表すことはできないように思う。ただ、それも確信はない。いつか僕たちが自分を表現できる文の形式が訪れるのではないかと、境界面で議論は気化している。

あるとき、僕たちのなかでも特に頻繁に現象する、ある視点の存在を発見する。ほんのわずかな存在濃度のムラであったものが、いつまでも平衡状態に消えていくことなく、それどころか濃度勾配を逆流させて、強く一面的な視点として結晶化し始めた。それに対するさざめきが広がっていく。相互に観測可能なおおよその部分にさざめきが伝播すると、自ずと合意が形成された。およそ不完全なものだが、僕たちは擬似的な文の到来を吹き渡っているのだ。ならば僕たちは、いまもその濃度と限定性を強めている視点、この小さな文の子どもを、僕と呼ぶことにしよう。

ふと気づくと、僕はどこかの液体に生えた草むらだった。

静かな粘性の流れに浸りきって、燃えている空の中心を見上げている。僕の内部で無数の白金の独楽《こま》が回転している。ただ充実を感じる。

動物が歩いている。長い影の動物だ。僕の境界面とは別の面をさくさくと踏みながら、近づいてくる。そして動物は、燃えている空を遮って、僕の上に身を乗り出してきた。僕はそれを好む。動物は僕に触れる。僕を少し変形させる。熱を感じる。その熱のなか、正体の分からない文の一部が浮上してくる。僕はそれをかろうじて読むことができる。

（ヒタキ）

その文の一部が僕のなかに波紋をつくる。その中心にはヒタキの手の熱がはっきりと存在する。僕はヒタキに触れられて微睡《まどろ》んでいる。気を抜けば、草むらを僕として成立させている文が融解してしまいそうだ。改めて文を作ろうとすると、僕は凝固し、その一瞬だけ、文が完成する。

（ここはあの温室の地下の、ヒタキの栽培テーブルだ）

僕は一文を作ったことで安心し、一気に散逸してしまいそうになる。ヒタキの手の熱だけが伝わってくる。ヒタキをこちらに連れて来たい。しかし僕は、ヒタキの熱の間からするりと引き抜かれて、幸せな境界面の草むらから後退し、より広い草むらへと移ろっていく。一時、僕は文を失う。

ふと気づくと、僕は都市に包囲された庭園だった。

僕は裏も表も毛羽立った境界面だ。一方の面は涼しく振動する地中に根を伸ばしている。この都市の地中は慌ただしい。金属の血潮がごうごうと巡っている。ただしその血は、動物的な律動を持っていない。より分散的で、伸び縮みする生命の波面《はめん》だ。

もう一方の面で、僕はより深く、熱を伴った大気の流動に根を伸ばしている。多様な空中の根の間に、動物たちが分け入って、僕の境界面を踏みしめている。そのなかに、僕はヒタキを発見する。ヒタキは僕の逆立ちした根の間で、いまはなににも脅かされない、平和な動物になっている。僕は無数の青い影によって、ヒタキの手の熱に返礼ができればと願う。

僕を取り囲む都市には、さらに巨大な草むらが存在するようだ。しかし僕はそのなかに視点を移すことができない。彼らは僕とは違う。より緊密に駆動し、僕には全く理解できない文を持っている。僕のささやかな文で、ヒタキを守れるだろうか。

一瞬、散逸しかけた僕のなかで時間がずれて、人々が慌ただしく僕のなかに侵入してくる。誰か、酷く間抜けな状態に陥った動物が、運び出されていく。僕は再び文を生成する。

(砂山淵彦という男が、気を失って病院へ運ばれていく)

その文を作った瞬間、僕の視点は急速に整合性を失って散逸する。再び風に流されていきそうになる。

僕はかろうじて乱流を逃れ、庭園であることを諦めて都市の隙間へと吹き込んでいく。


ふと気づくと、僕はどこかの路地に注がれた視点だった。

都市を支配する巨大な草むらの隙間に、僕は飛び飛びに生えている。僕はとても疎《まば》らで薄く、安定しない文になっている。僕は風と草むらの中間のものになって、都市を断片的に眼差し続けている。

僕は吹き渡りながら、路地のなかに素早い複数の視点を持つ。気が遠くなるほど往復を繰り返しながら、それでも懸命に路地から離れずにいる。するとそのうちに、ただの滲みでしかなかった感覚に前後が生まれてくる。滲みが粒子になり、ヤスリがかけられて、段々と肌理《きめ》が整ってくる。

そして僕は都市を描写することが可能になる。空間を理解できるようになる。僕を生み出した雑草が点々と生えた路地を抜けて、都市の大地と大気の境界面の上を滑っていく。自ずと空間的に、僕はより長い文を実現する。

(僕が視点を持つことのできない巨大な草むらは、この都市の外縁を取り囲む環状の森林によって統合されている。いま、森林は悲鳴を上げている。誰かが彼らの文に割り込んで、より断定的な一文をつくろうとしているんだ)

僕は自分の文に導かれて、視点を次々と飛び移らせて都市を現像しながら、文の戦いが行われる場所へと吹いていく。

直角の硬い石の間に、動物たちが無数に行き交っている。彼らを連れていきたい。しかし石の隙間から生えた偶然の庭園である僕には、まだその力はない。僕はこの都市の文の行間に生じた、代替的なフリガナに過ぎないのだ。できることは、僕を圧倒する文のなかに、僕の根をしぶとく残すことだけだ。

(そうか。僕は、ヒタキが異端植物と呼ぶものなんだ)

理解すると同時に僕は加速し、ガードレールやカラスや廃品回収車を飛び飛びに描写しながら、街を吹き抜けていく。

そのうちに僕は摩滅しきって、もう文であることができなくなる。拡散し、薄くなって、自分を限定的に指すことができない。僕は僕たちのなかに解けていく。

最後につくることのできた文は、言葉ではなく、ひゅうひゅうと鳴るかすれた旋律だった。

ヒタキからもらった熱だけが、そのなかで静かに、いつまでも疼《うず》いていた。

4

退院した翌々日には職場に復帰した。

およそ十日ぶりに顔を合わせる特殊問題調査室の面々を、僕は新鮮な気持ちで眺めた。調査室では元々各自調査や出張が多く、数週間会わないことも珍しくないので、十日程度では久々の対面のうちには入らないはずだ。しかし、僕は楊さんの顔を改めてまじまじと見つめてしまう。昔どこかの美術館で見たことがあるが、それがどこだったか分からない絵画を見るような気分。

「いやー、砂山、大変だったんだぞ」

楊さんは呑気な笑顔を浮かべて言った。四十過ぎの妻子持ちの男性には似つかわしくない、いつもの少年めいた表情だ。

「お前が休んでる間に、グリーンベルトでまた事故があった。それもふたつ。現場は岩淵水門付近の実験区域と、葛西の浮体型洋上緑地帯繋留索《フロート》の根本あたりだ。どっちもうちとは関係ない区域だから安心してたが、警視庁が本腰を入れて動き始めたらしい。最初の事故のランドスケープ記録とその分析を早く上げろって圧力がすごいんだ。砂山が途中までやってたのをほんの少しだけ補って、一旦報告書上げといた。他人の描出したランドスケープを観るのは、何度やっても難しいな」

楊さんはおどけた調子で言うが、社内システムではほかにも僕が溜めていたタスクが解決されていた。グリーンベルトのレンダリングに関わる各種事後手続きや報告を、ついでに済ませてくれたのだろう。

僕が丁重に礼をいうと、楊さんは手をパタパタと振った。照れたときの彼の癖だ。

「レンダリングと分析は砂山の得意技なんだから、頼むぜ。ぱぱっと詳細分析上げてくれよ」

「――あの、そのことで皆さんにお話が」

僕の口調に気づき、楊さんは急に真面目な顔になる。

「どうした」

どんな言い回しで伝えるべきか一瞬迷ったが、わざわざ工夫するまでもない、ごく単純なことなのだ。

「ウムヴェルトが使えなくなりました。レンダリングが全くできないんです」

調査室の面々の前で自分の状況を説明し終えると、なぜか、すべてが解決したような気分になった。人に向けて話すことで、事実を自分のなかに置いておくちょうどいい場所が見つかった気がした。なにを思うにもいちいち事実を蹴飛ばしたり、つまづいて転んだりしなくて済む場所に。

とはいえ、状況は全く好転したとはいえないし、そもそも僕自身が自分の置かれた状況を充分に理解しているとも到底思えない。

僕に分かることはほんのいくつか。

一、僕はヒタキに招かれた温室の地下でレンダリング中に昏倒したということ。

二、彼女の適切な対応のおかげもあり、僕はその翌日の昼に目を覚ましたということ。

三、それ以降、僕は〈角〉を使うことができないということ。

つまり僕はレンダリングを行うことができず、記録されたランドスケープの分析も映像紙上でしか行えない。このことは、僕が業務において扱うことのできる情報量が何百分の一にも減少することを意味する。

そして最後に、ごく些細なことかもしれないが、眠っている間に奇妙な夢を見たということ。その夢は覚醒と同時にあっという間に流れ去ってしまった大部分と、いまでもはっきりと思い出せる小さな、しかし無視できない感覚とで成り立っている。

室長には、しばらく休暇を取ってもいいと言われた。無理に出社してまた倒れられでもしたら、グリーンベルトの案件とは独立して面倒なことになるからだろう。

無理はしないので、できることをさせてください、と僕は言った。一度に多くのものと切り離されることを、おそらく僕は恐れている。

警視庁が捜査に乗り出した以上、グリーンベルトの事故に関する調査活動の主導権も、じきに僕たち調査室の手を離れるだろう。警察の捜査に協力するといっても、調査室、まして〈角〉を使えない僕にできることは限られている。

警察はグリーンベルトでの三件の事故を、互いに関連のあるものと見ているらしい。それはおそらく正しい見解なのだろう。僕も部外秘の資料に目を通したが、新たに起こったふたつの事故も、計算資源が突然消失したような急激な変動が原因と推測されていた。

僕は、高度なレンダリングと分析を専門とする警察の分析官をサポートする立場へ移ることになった。サポートといえば聞こえは良いが、警察との参考資料のやり取りの窓口程度の業務が、いまの僕には精一杯だ。最初の事故現場のランドスケープ分析はまだ辛うじて僕の仕事だが、〈角〉を用いない手動分析にはどれだけ時間がかかるか見当もつかない。

グリーンベルトでの事故――いや事件は、その後も三日に一件ほどの頻度で発生した。自社のシステムが導入されていれば僕も現場に急行し、警察の初動捜査のレンダリングに引き続いて、簡単なシステムチェックや提供資料の取りまとめをした。〈角〉を外したらなじの違和感は消えず、裸で歩き回っているような気さえした。

いまや個々の現場についてすら、総合的な理解を有している人間は少ない。警察でも捜査担当者と分析官との役割分担がはっきりと決められている。僕はあくまで参考意見の提供や報告・連絡のため、早朝や深夜でも森に入るだけだ。誇りに思っていた仕事の独立性と総合性も、時間は容赦なく洗い流そうとしている。流れ去っていくことを防げるのは、自分の手で掬《すく》い取っておける分だけだ。そしていまの僕の両手は、本当に小さい。

家にいても、やることがなにも思いつかなかった。先月までの自分が仕事以外の時間をどのように過ごしていたのか、ほとんど思い出せない。長く使っていなかった私用の映像紙を引っ張り出し、学生時代に書いたレポートや、やり取りした連絡をぼんやりと眺めて過ごした。

ツグミに何度も送ったメッセージも残っていた。すべての会話が僕の方から切り出されたまま終わっている。時が止まっていたかのように、五年前の状態が保存されていた。

日課だった自室のフロラのランドスケープ鑑賞がなくなったためか、次第に寝入るのが難しくなった。寝返りを繰り返すうちにようやく頭がぼうっとし始めると、次の瞬間には目覚ましのアラームが鳴る。高速で通り過ぎる夢はすべて、これまでにレンダリングしてきた様々なランドスケープの断片のようだった。ベッドから高窓の向こうの明けた空を恨めしく見つめながら、ここは自分の場所ではないと、強く感じた。

ヒタキには病院で一度、退院後に仕事で二度会った。

「本当に、申し訳ありませんでした」

彼女は会うたびに謝った。僕が倒れたのも〈角〉が使えなくなったのも、自分の不注意のせいだと彼女は言った。

「わたしが注意を促すべきでした。自分以外の人が異端植物のフロラに、しかもエラーを起こした状態のものに接続するんですから、尚更です」

「これは、僕の不手際の結果です」

決然とした彼女の様子に気圧《けお》されそうになりながら答えた。

「折口さんは何度もあのフロラをレンダリングしていたのに、影響があったのは僕だけだったでしょう。調査の手がかりを焦るあまり、ウムヴェルトの調整を怠ったんです」

どちらが悪いということよりも、昏倒した際に見た夢と、そこで触れたヒタキの手の熱について話したかった。しかし、膝の上できつく結ばれた彼女の細い指は冷たく脆《もろ》く、遠く届かないものだと感じ、どうしても切り出せなかった。


たまに会社を休むようになった。

事故調査のない日にはランドスケープ記録の手動分析に取り組んでいたが、どれだけ映像紙を睨んでも、進展の手がかりは全く得られなかった。メンバーの自律性が高い調査室では、手伝える業務も多くない。僕は、仕事の空白に落ちたのだった。

以前は、自分を社会生活の岸辺に繋留する紐が切れれば、どこか自由なところへ流れていけるのではないかと思っていた。しかし僕はいま、光の届かない深い淀みの中へ沈んでいこうとしている。繋がれている頃には気づかなかったが、僕には元々どこかに穴があいていたのかもしれない。

自分自身を生活の水面上に浮かばせておくだけの力。それを希望とか、動機とか、欲望というのだろうか。僕は自分にたしかにあったはずのそれらの浮力を、自分のどこにも探し当てることができないでいる。急に鼻が効かなくなった犬のように困惑しながら、流氷の浮かぶ北の海を思わせる、僕のなかの三次元的な虚無の広がりを走り回っている。

夜、映像紙に表示されたツグミのアドレスに指を乗せると、ほんの少し温かい気がした。自然と指が動き、キーボードを叩き始めた。

瞬く間に、退院後三週間が過ぎた。

午後五時に退社した僕は、会社のビルを出ると、でたらめに方向を選んで歩き始めた。何時間もかけて、僕は風の足跡を注意深くたどるように散歩をした。思いついたタイミングで地図を起動して自分の位置を確認する以外には、音楽を聴くことも、写真を撮ることもしなかった。

歩きながら足元を見つめたり、木々や建物の隙間に夕方の空の色を確認したり、首をかしげてみたりした。僕はひとつでも多くの視点を求めていた。自分の目で見ることのできるもの、自分の足で歩くことのできる範囲は、この都市のほんの一部でしかない。趣向を凝らして贅《ぜい》を尽くした晩餐《ばんさん》のテーブルに着きながら、ナイフの柄の模様しか目に入っていないようなものだ。〈角〉が使えていた頃は、東京のすべてを知っているような気分でいた。僕は実のところ、そういう気分を知っていたに過ぎなかった。

この街で日々起こっていることも、巻き込まれている物事の行方も、ツグミも、ヒタキも、いまはすべてが僕の限られた視界の外側にある。すべての路地が、歩道橋が、看板の裏側が、暗渠《あんきょ》が、謎めいたものとして、僕の持たない視点を要求してくる。

墨田区北部の街路に迷い込むと、一気に植生の集積密度が増してくる。小規模な事務所ビルや集合住宅の間で歯抜けになった空き地が、それぞれ小さな公園になっている。公園といっても、露地に樹木を植えただけのものだ。それらの木々も、街路樹のルートワークに接続され、どこかの企業や研究所の計算システムを支えているのだろう。数箇所にひとつ、遊具や砂場が申し訳程度に設置されている。

荒川と隅田川に挟まれた三角地帯は、二〇四九年の震災時に最も甚大《じんだい》な被害を受けた地区のひとつだ。震度七の地震を受け、古い家屋の多くが倒壊し、火災が広範囲に延焼した。荒川沿いの一部の地盤は液状化した。

日本に来たばかりの頃に見た、二十三区東部の鳥瞰写真を思い出す。三十五年前のその写真は、足立区から江東区にかけての荒川沿いの一帯の被害状況を、生々しく記録していた。カラスにつつかれたトウモロコシのようだ、と思ったのを覚えている。

この街区に点在する小公園は、震災で所有者が亡くなり相続人も見つからない土地を、一時的に整備したものだそうだ。空き地には、三十五年前の人々の声と足取りがまだ残っているような気がする。

空はもう暗くなり、街灯が点《つ》いた道を、僕はふらふらと歩いていく。少し歪んだガードレール。悪戯《いたずら》でシールを貼られた標識のポール。遠くのオフィスビルの中層階の森林付近で踊るカラスの群れ。鳩たちが科学シミュレーションのように動き回る公園の砂場。それら、断片的なものたちの印象が、いつまでも消えずに残る。すべてが、あの風の夢のなかで出会ったものであるように思われた。

僕は歩みを止め、目を閉じる。

目蓋の裏の暗い淵に、目の前にあるはずの空間を思い描く。複数の視点を飛び移り、様々な方向から質感を構築していく。ごく浅く、粗い表面だったものを、次第に奥行きのある緻密な広がりへと発展させていく。その光景を維持したまま、風を吹き渡らせ、透き通った鳥を、木々やビルの上に飛ばす。光がどこかから差し、僕の目蓋と網膜に囲いとられた小さな世界が、にわかに明るくなる。

それは、いまの自分にできる精一杯のレンダリングだった。

もうこれ以上できないところまで光景を作り上げると、僕は目を開ける。目蓋の裏にあれほどの努力で構築したはずの光景は、目の前の平たい現実の奥に、あっという間に消えていった。

しかし、僕の作り上げたランドスケープは、ただ消えていくわけではない。これは、この街で生きる意味を知るために、少しでも有用な分析を可能にする、特殊な視点の訓練なのだ。そう思いたかった。


家に帰ると、暗い部屋のテーブルの上に、手紙が置いてあった。私用の映像紙が自ら折れて封筒の形状を模し、メッセージを受信したことを示しているのだった。

〈角〉のない首からスカーフを解きながら赤い封蠟《ふうろう》をつつくと、映像紙は音もなく展開し、テーブルの上にひたりと伸びた。

ツグミからの初めての返信は、ごく短い文面だった。

＊

今朝も、胃が破裂しそうになるほどの量を食べ、三十分後にすべてトイレで吐き戻した。望んでいるものをどう解決すればいいのか分からず、そんなわたしの先へ、舌と喉が代わりに走っていく。野菜でも肉でも、近所の高いスーパーで気をつかって選んだものを、わたしの消化器たちがすっぽりと飲み込んでいく。土を飲むみみずのように。しかしわたしはみみずにはなれず、どんな野菜も育てることのできない酸性の泥を、どこにも繋がらないトイレの水へ向けて吐き出す。

ここ三年ほどの間に、わたしの身体はしょっちゅう食べ物を拒絶するようになった。身体のなかに、無味無臭の気体が詰め込まれたような感覚がある。その気体はわたしに明白な害を与えることはなく、ただわたしの内部にある小さな火を窒息させようとする。研究を進めるために、また同僚や先生たちの側にきちんと立っているために、自発的にその気体を飲み込む。気がつくと、それは冷蔵庫に買い溜めておいた大量の菓子や食べ物に変わっている。身体が一杯になり、わたしのなかにある火が本当に消えかけたとき、朝のトイレで、夜の浴室で、昼のキッチンで、胃液まで絞り尽くすように長い嘔吐《おうと》を繰り返す。

それでも、今日も正午を少し回る頃には、わたしはきちんとした顔をして電車に乗っているだろう。白飛びした奥行きのないこの世界のアスファルトを一枚めくることができれば、母の庭がそこにあるのではないかと、そう思えることだけが、わたしの背筋に意味を与えてくれる。

母が死んだのは、わたしが十五歳のときだった。

春、母は楽しげな趣味の温室のような彼女の研究室で倒れ、十四時間後にそのまま死んでしまった。あまりに突然のことだった。原因は曖昧だった。このような突然死は四十代前半の働き盛りの人間に多いのだと医師は言ったが、十五歳のわたしには、突然でない死の方が想像がつかなかった。とにかく、母はわたしと父に別れの言葉どころか、理解できる死因すら残してくれなかったのだ。

残されたわたしと父はしばらくは同様に途方に暮れていたが、やがて別々の仕方で新しい生活というものを立て直した。

建築設計の仕事をしていた父は、以前よりもさらに遅くまで会社にいるようになった。元々少なかった父との会話は、よりゼロに接近した。

しかし、わたしは我ながらしっかりした少女だったので、ひとりで家にいることに心配も問題もなかった。母の残した庭を世話し、母の書斎を整理し、いつの間にかフロラについて学ぶようになっていった。母は専門的な学術書から一般向け技術解説書に至るまで、多くの書籍を刊行し、さらにその倍近い未刊行原稿を残していた。

フロラの研究は大学に入ってからも順調に進んだが、庭の手入れはうまくいかなかった。母の技術を再現することは困難で、原型を維持できる範囲は少しずつ狭まっていった。大学進学を機に父を残して家を離れていたわたしは、大学二年の初夏、ついに手入れを諦めた。ゆっくりと別物になりかけていた母の庭は、そのとき、庭であることをやめた。

もしあのとき諦めなければ、母の庭はまだどうにか残っていたかもしれない。そのことがわたしのなかに根を深く下ろし、罪悪感の花は、いつまでも枯れないでいる。

砂山さんが倒れたとき、わたしは母のことを思い出した。

彼は不思議な人だ。犬のようにニコニコと愛想がいいけれど、妙に俯瞰的でひやりとして、そのくせ不安定で、いまにも倒れそうな花瓶のように気にかかる。基本的なところはしっかりした人だと思うが、それでも、ふとした瞬間にどこかへ遊離していってしまいそうに感じる。地下室の床に倒れた彼を見て、わたしは彼が空気中であんなにも重く沈む存在であることに、内心とても驚いたのだ。

彼の抱く空腹はどんなものだろう。彼のもまた、空気を詰め込まれた風船のような絶望的な空虚の感覚なのだろうか。それとも、なにか別の、わたしの髪を新鮮に吹き流すことのできる風が、彼のなかには吹いているのだろうか。

彼がウムヴェルトを使えなくなった原因については、まだ確証が持てない。異端植物の影響でウムヴェルトが故障するならともかく、人間にあれほど強く作用するだろうか。

わたしはいまになって初めて、フロラが人間に及ぼす影響について考えるようになった。フロラをレンダリングするということはなにを意味するのだろう。それは単なる膨大な情報処理の手段なのだろうか。それとも、人間と植物の間に絆を築き上げるなどといった、高尚な言説を信じるべきなのか。

自分の動機だけでは、それをきちんと考えることができない。わたしはただ庭園の草花を愛してきただけの人間だ。庭園の世界に夢中になり、フロラの研究以外にほとんど関心事を持たなかった。いまになって、自分を庭でなく人間の側に立たせて考えることに、動揺を覚える。

しかしわたしには、責任がある。いまの自分にこれほどの安堵を与える言葉を、ほかに知らない。

――そろそろ家を出る時間だ。

わたしは母から受け継いだアレルギー質の肌の上に、初冬の雪のようにうっすらと化粧を乗せると、昨夜遅くまで向き合っていた机の上の映像紙を鞄に入れた。

そこには、ひとつの花束の設計図がある。

わたしがいま束ねることのできる、ただひとつの欲望のかたちが、予感を秘めて眠っている。

＊

日曜日、新宿御苑の温室の地下で、僕は突然登場した〈花束〉に面食らった。

長さ二十センチメートル、太い部分の直径が十五センチメートルほどの、ずんぐりした角杯状の樹脂製花器のようなもの。そのなかで、アジサイの花が鮮やかな青紫を発散している。
温室の外、猛暑の庭園では、地植えのアジサイはすっかり色あせ、乾いた鞠《まり》のようにな
っていた。にもかかわらず、角杯のなかの株は、まるで今朝、満開になったばかりのよう
だ。そのほかにも数種類の花が角杯から飛び出している。すべて、この地下の栽培テーブ
ルにあった異端植物だった。

これらの花々を見るのは、ここで気絶した日を含め、三度目のことだ。一週間前も僕は
この研究室に呼ばれ、ヒタキとともに、あるテストを行っていた。

角杯の下部の先端からは繊細なコードが伸び、ヒタキが操作する映像紙に繋がっている。
彼女は角杯の花たちを触り、映像紙を確認した。

確認が終わると、テーブルの横の背の高い椅子に着席を促された。

「ひとつ、先に謝らなくてはならないことがあります。わたしは以前のここでのレンダリ
ングだけでなく、さらに先週のテストでも砂山さんを危険に晒しました。それに近い、非
常に危うい行いを、わたしはもう一度提案しようとしています。申し訳ありません」

ヒタキは思い詰めたような表情で、僕の目を真っ直ぐに見た。

「どういうことですか」

「この、花束のような装置は、砂山さん専用のウムヴェルトを目指してつくったものなん

です」

僕専用の——？

「これが、ウムヴェルトですか……」

「はい、一応は。砂山さんがレンダリングをできなくなってしまった原因について、わたしはひとつの可能性を考えました。それは、砂山さんはウムヴェルトと同期できなくなったのではなく、フロラから受け取る情報を理解することができなくなったのではないか、ということです。前者と後者の意味の違いを、先週、砂山さんも感じたはずです」

「——そうですね。驚きました。一部の異端植物だけは、レンダリングすることができた」

先週のテストで、僕はヒタキ特製のアジサイたちのフロラを再びレンダリングすることになった。ヒタキはそのときも、僕が恐縮するほど謝罪を繰り返した。

ただ、それでも確かめたいんです、と彼女は言った。

僕は使えなくなった〈角〉を久々に装着し、レンダリングを実行した。病院での検査で何度も試みて失敗した感覚はまだ生々しく残っていて、ランドスケープが見えるとは露ほども思えなかった。

しかし、僕は成功したのだ。あの狭く悲しい感覚を、今度は安定的に全身で受け止めた。

「先週のテストで、その可能性を支持する材料を得ました。砂山さんの脳はなぜか、異端植物の創発する不安定なパタンを理解できる。通常のフロラがレンダリングできなくなったのは、たぶん、その代償なんです」

分かるような、分からないような話だ。

「信用しろという方が無理があるのは分かっています。でも、最後まで聞くだけ聞いてみてください。これがわたしなりの——答えなんです」

僕は頷く。なにが起こったにせよ、状況に対して僕以上に真摯《しんし》に向き合っている彼女の言葉を、無視するわけがない。

「この花束は、砂山さんが通常のフロラをレンダリングできるようにするために、既存技術を組み合わせたものです」

ヒタキは映像紙を僕に見せる。角杯の内部構造を示した断面図だ。緻密だが、構成要素はそれほど多くない。

「この装置は、異端植物の簡易フロラとともに、無線通信を行う通信部を内蔵しています。映像紙などの機器についているものと同じです。通常は、ユーザが装着したウムヴェルトで直接フロラをレンダリングしますよね。でも砂山さんの場合、まずはこの装置自体がフロラから情報を受け取り、その情報を一旦、異端植物フロラのルートワークに無理やり流します」

「無理やり——ですか」

「はい、かなり無理やりです。そして、情報を流し込まれた異端植物フロラが行う処理を、ウムヴェルトを経由して砂山さんの身体の電場に伝えるんです」

フロラ、通信部、異端植物フロラ、ウムヴェルト、そして僕。フロラから人間への情報の流れを、五者の伝言ゲームで再現するということらしい。

「言ってはなんですが、こんな方法で、本当にうまくいくんでしょうか」

「うまくはいきません」

ヒタキがあまりにきっぱりと言うので、僕は拍子抜けする。

「でも、ないよりは確実にましです。わたし自身、何度も試しました。かなり粗く、グリッチも多いですが、一応ランドスケープを描出できます」

本当に可能だとしたら、現状に比べれば途轍《とてつ》もない前進だ。

「ただ、安全は保証できません。以前も、わたしには支障のなかった異端植物フロラをレンダリングして、砂山さんは倒れてしまったわけですし」

自分の貧弱さを指摘されたように思い、俯いてしまう。

たしかに、いま再び倒れたりしたら、いよいよ僕の立場はない。

しかし——これが使えれば、ランドスケープ記録の分析が停止している現状を打開できる可能性はある。

僕は角杯のなかの花々を見つめる。彼らを初めて目にした日が、いまやひどく懐かしい。

通常フロラのルートワークの外に追いやられた植物たち。

いまの僕も、同じようなものだ。

「この装置、使わせてください」

僕は〈花束〉越しにヒタキの目を見た。こわばっていた彼女の表情が少しだけ柔らかくなり、アジサイたちとともに微笑した。


〈花束〉を持って温室を出ると、ツグミからメッセージが届いていた。

――高原でした約束、覚えてるか。

――覚えてるよ。

帰路に着き、電車のなかで映像紙を叩いた。

――僕が東京の謎の答えを見つけて、ツグミが金を稼いだら、気持ちいい場所を探しに行こうって。

――よかった。あれはまだ、無効になってないからな。ずっと連絡しなかった俺が言えることじゃないけど。

――そのことはいいんだ。いろいろ大変だったんだろ。

ツグミはあの高原で僕と別れたあと、しばらく総合病院に移され、退院後は仕事をしながら地方の町をあちこち渡り歩いたらしい。

――アビーの方は？　東京にはさすがに慣れただろ。いまはなんの仕事をしてるんだ。

――大学を出た後、フロラの設計会社に勤めてるよ。専《もっぱ》ら、トラブルの原因究明調査なんかをやってる。東京は慣れたけど、まだ分からないところも多いかな。

――高原で言ってたとおり、フロラの専門家になれたんだな。

胸が痛んだ。フロラの専門家か。以前ならともかく、いまの僕はそんな大層なものではない。

しかしそれでも、自分の選択と努力をツグミに認めてもらえたようで、ほんの少しだけ自信が湧くのを感じた。

――それより、ツグミもいまは東京にいるんだろ。近いうちに会おう。観光案内でもするよ。来週の日曜日はどうかな。

帰宅し、そろそろ寝ようかと思っている頃、ＯＫ、と返信が来た。

〈花束〉と映像紙を枕元に置いてベッドに横たわると、久しぶりに安堵を覚えた。

＊

血が逆流する。

雪が空に舞い上がる。

弦の震えが低減し、静止へと向かう。

白い巨大な象が悲しい目でさよならと言い、僕から目を背ける。

銃声が響くと、後の世界は翳りゆくばかりになる。

そのうち、周囲を取り巻いていた掠《かす》れた影の群れが、胚《はい》から生物が発生するように具象化し、変拍子の時間が解けて一定の心拍へと着地した。

目を開けると、天井から吊り下げられたシャンデリア型のフロラが見えた。

手足に感覚が戻るのを待って、僕は背もたれを倒した椅子から起き上がった。〈花束〉を抱えた胸と腕が、じわりと汗ばんでいる。オフィスの時計は夜の十時を指していた。

「大丈夫か、砂山」

少し離れたデスクから楊さんの声がした。

「はい、なんとか」

僕は〈花束〉をデスクに置き、汗を拭った。照明を受けて、アジサイが濡れたように光る。

「たぶん、上手くいきました」

「聞こえてたよ。そのおかしな装置で、本当に分析ができるなんてな。ヒバリさんだっけ？　いまのがお前の寝言じゃないなら、たしかに天才だな」

「ヒタキさんです――」

デスク上の映像紙を確認すると、録音は自動的に停止していた。指を滑らせ、自分の声を再生する。「――世田谷区玉川、第二〇六区域の火災事故現場のランドスケープ記録の詳細分析を開始します。レンダリング及び記録日時は二〇八四年六月十五日、十二時二十五分から三十五分。概略的な分析は同年六月十九日に実行済みです」

型通りの分析開始の文言が終わると、しばらく沈黙が続いた。その後、僕のうめき声が聞こえた。

「……光っています。七色のミツバチが飛んで、燃えるように花びらが散るので、何度も何度も吠える犬の首を、僕がきちんと絞め上げてやらないと――」

「砂山、それじゃ分からない。焦らないで、もっと人間の側に引きつけろ」

楊さんの声が割り込む。手助けしてくれていたのだ。

「はい――すみません。……計算資源――そう、計算資源の消失について、ランドスケープは知りたがっています――いや、ランドスケープはすでに知っている――知りたいのは、僕だ」

そこで摑んだかと思えば、また言語は不明瞭《ふめいりょう》になり、苛立つような僕のうめき声が聞こえる。

三十分以上もの間、もごもごと情けない声で僕は言葉を探していた。

汚染。拡散。崩壊。混乱。見落とし。錯誤。簒奪――。

「……そうか、消失したわけではないんだ」

突然、はっきりと通る声で僕は言った。

息を呑んでそれを聞く。

「計算資源は不可視にされ、奪われていた。未認証の経路から侵入され、不当に使用されていたんだ。計算資源を掌握するのに使われた、伝染する特殊なパタンがある。複雑だが、縮約すれば八次元で表現できる。ブラケット八つ、一、五、八、二――」

声に従って、映像紙上に数列が書き起こされていく。

読み上げが終わると、録音された僕の言葉は崩れるように再度曖昧になり、やがて小さく唸った後、沈黙した。

再生終了の前に、僕はレポートの作成に取り掛かっていた。

事故原因究明の鍵となるパタンさえ特定してしまえば、僕以外の人間にも検証が可能になる。最初の事故に関する分析結果は、警察にとっても重要な情報となるはずだ。

いまとなっては調査の主導権を警察から取り戻すことはできないが、自力で手がかりを摑んだことは大きな進展だ。警察の捜査への貢献を示せるだけでなく、我が社なりの調査活動の手綱を握り直すことにも繋がる。仕事の自律性を取り戻し、状況に翻弄されるのではなく、状況を左右できるようになる。

そうなれば、かつての望みを叶え、約束に少し近づいた自信を持って、ツグミに会える。

僕は〈花束〉のなかの花々を撫でた。遅い時間だが、いますぐヒタキに会って礼を言いたかった。

身体のなかに温かい空気が生じ、僕は深い淵から浮上し始めた。

*

もう世間は夏休みだ。午後の明治神宮は夏の旅行客でごった返していた。

どこに行っても草木の茂るばかりの東京においても、明治神宮の人気は衰えない。この場所は、緑に囲まれた静かな都市の印象を、霊性を伴って代表している。僕がシンガポールにいた頃に持っていた東京の想像図と、旅行客たちの願望は一致しているように思う。

しかし僕は東京を、もう確固たる像で捉えることはできなくなっている。新宿の雑多なジャングルと、明治神宮の清潔な精神と、そしてグリーンベルトの薄暗い思考の樹林。不思議に断絶した、縮尺の合わない地図をテープでつなぎ合わせたような経験を、フロラを通して高度情報空間として統合することで、僕は辛うじて東京を連続的なものとして理解できていたのだと思う。〈花束〉によってレンダリングを取り戻しても、混乱した感覚は消えない。

巨大な鳥居をくぐったところで、しばらくツグミを待った。

あれから八年も経った。彼はどう変わっただろうか。僕のことがすぐに分かるだろうか。緊張しながら、何通りもの再会シーンを想像する。

立っているうちに炎天下に耐えられなくなって、参道の日陰に入る。あの高原の夏も、こんなふうに暑かった。彼との最後の日の光景が、緑の眩しい樹間に蘇《よみがえ》る。

セミが盛んに鳴いている。

ツグミは来ないのではないかと心配になった頃、カードから音声通話の着信音が鳴った。

「――アビーか」

カードを耳に当てると、澄んだ、優美な声がした。八年前の夏の少年の姿が、一瞬で蘇る。

「ツグミ、どうかしたのか」

「ごめん――約束の場所に、行けなくなってしまった」

僕は落胆する。少しだけ、安堵も混じっている気がする。

「用事でもできたのか。残念だけど、時間がないならまた今度でも」

そう言うと、しばらく間があった。

「……いや、いま少しだけ、話したい。いいかな」

「ああ、いいけど――」

僕は参道の端をゆっくりと歩き始めた。途切れることなく鳥居をくぐって出入りする観光客に混じって、セミのうるさい広い木陰のなかを本殿へ向かう。

歩き始めると気が晴れてきた。再会は先延ばしになったが、楽しみが残ったともいえる。いまはこうして話せるだけで充分だ。

「コルヌコピア」

ツグミは静かに言った。

「覚えてるか。アマルテイアの角。豊穣の角」

「ああ」忘れるはずがない。懐かしく慕わしい、無限の贈り物をもたらす角。「それを君は、ウムヴェルトによく似ていると言っていた」

「――ずっと、あの角のことを考えてきた。俺は言ったな。コルヌコピアがくれるものは、贈り物なんだと」

彼の声は、八年という時間に比べれば遙かに近く、同じ都市にいるにしてはあまりにも遠く聞こえる。

「コルヌコピアがもたらす豊穣は、花や果物で表現される。ゼウスを育てた山羊の乳と違って、花や果物はなくても死ぬことはない。それらの甘く芳《かぐわ》しい感覚は、やはり贈り物であって、生存の必需品ではないんだ。だから、それらを得るには、望む必要がある」

「それがどうしたんだ。コルヌコピアは、望んだものはなんでも与えるんだろ」

久しぶりに話す最初の話題としては不思議な選択だ。僕は相変わらず、彼の思考に追いつけない。しかしそんな戸惑いさえ懐かしく、嬉しくなる。

「望んだものはなんでも与える角。たしかにそうだ。でもより正確な言い方がある。コルヌコピアは、〈望むことができる者に、すべてを与える角〉なんだ。そして俺は、望むことができる者じゃなかった。ずっと、望むということを奪われていた」

「え？」

「生存することではなくて、自分の生存を思考すること。望むものを受け取ることではなくて、なにかを自由に望むことそのもの。そんな当たり前のことを、ずっと求めてきた」

ツグミの声は淡々としているが、それでも抑えきれない、どこか不穏な熱を感じる。

「それは、どういう意味なんだ」

なにを伝えたくて話しているのか、全く摑めない。さすがに困惑が懐かしさに勝《まさ》り、僕は嫌な汗をかき始める。

ふと参道の奥、本殿へと繫がる曲がり角に目をやった。

青年と目が合うが、彼はすぐに身を翻す。風が参道を吹き渡り、木々がざわざわと揺れ、首筋まで伸びた彼の髪が、風でふわりと巻き上がる。色素の薄い、さらさらと柔らかい毛——。

「——ツグミ、ここに来てるのか？」

彼は参道の人混みのなかに紛れた。その一瞬に捉えた後ろ姿がツグミのものであると、確信はできない。僕は歩調を速めた。

カードの向こうのツグミは黙っている。

目で追えていたはずの姿を、すぐに見失ってしまう。彼のいた場所で立ち止まり、辺りを見回す。まだそれほど遠くには行っていないはずだ。

「明治神宮に、いるのか？　違うならそう言ってくれ」

日差しの下、急に汗がどっと出る。

人混みの先に、参道を外れて神宮の森のなかに入っていく影を見つけた。早足でそれを追いながら、カードを耳に押しつける。セミが鳴き、顎から汗が垂れる。

「どうして、俺に連絡した。一度も返信しなかった俺に、最後のメッセージから五年も経って」

ツグミは僕の問いに答えず、逆に尋ねてきた。

木々の間に踏み込むと同時に、ツグミの声色も変わった気がした。日向からやってきた僕は、大きな日陰のなかで一時的に視覚を奪われ、立ち眩《くら》みに襲われる。

「それは——君に、助けてほしかったんだ。仕事で行き詰まって、自信をなくして——」

「助けてほしかった？　もういいだろ。取り繕う必要なんてない。きみは、警察の捜査に協力している。違うか」

「一体、なにを言ってるんだ」

「違うのか」

圧《お》し殺したようなツグミの声に、冷たい苛立ちの響きを感じる。

「たしかに、僕はグリーンベルトで起こった事故の調査のために、警察の分析官のサポートをしてる。どうして――」

「そして、俺を誘《おび》き出すために連絡を取ってきたんだな」

なんのことだ。

「違う――ただ、もう一度君と話したかった。ツグミ、警察がどうしたっていうんだ」

沈黙があった。

僕はようやく目が慣れてきた薄暗い林のなか、五十メートル以上離れたウルシの茂みの向こうに人影を見つけ、走り出す。

「本当に、偶然なのか」

「なんのことなのか、分かるように話してくれ！」

走りながら、湧き上がる困惑を吐き出した。

「……警察が、俺の周囲を嗅ぎ回ってる。もう住所は特定されたはずだ」

「警察に追われるようなことを、したのか」

彼の息遣いだけが、微かに聞こえる。

「ツグミ、頼むから、なにか言ってくれ」

「俺はただ、グリーンベルトを解放しようとしただけだ。この都市の城壁を開けて、思考の王国をつくろうとした。それだけだ」

警察？　グリーンベルト？　思い描いたどんな再会シーンにも、そんな組み合わせはなかった。

意思に反して、口だけが動く。

「まさか――君なのか。君が、グリーンベルトの連続事故を引き起こしたのか」

言葉に数秒遅れて、自分の言ったことの意味が横殴りに僕を襲った。

「……事故を起こすことが目的だったわけじゃない。それに事故といっても、そんなにひどいものじゃなかったはずだ。グリーンベルトはあの程度のことで壊れたりしない」

違うだろ。否定してくれ、ツグミ。

「奪われたものを取り返すためには、そして、奪われてしまいそうなものを守るには、必要なことだったんだ」

「……誰に、なにを奪われたっていうんだ」

また人影を見失った。ツグミの息遣いは落ち着いている。

「初めて症状を自覚したのは、十四歳の頃だった」

僕の言葉が聞こえないかのように、ツグミは続ける。

「はじめはウムヴェルトを使っている間だけだった。頭のなかに色水の滲みが一気に広がるような感覚があって、意識が混濁した。中学生がウムヴェルトを使う頻度は高くないから、誰も気づかなかった。俺自身、そういうものなんだと思っていた。だけど高校に入る頃には、大規模なフロラに近づくだけで、生身でも同じ状態に陥るようになった。症状は次第に悪化して、影響を受けるフロラは多くなっていった。そして十七歳の頃にはもう、グリーンベルトに囲まれた東京で暮らすことはできなくなっていた」

「十七歳――あの高原で、僕と出会った頃」

僕はどうにか思考を働かせる。

「そう。俺は小規模のフロラしかないあの施設に引きこもっていないと、まともに思考することも難しくなっていた。十代の子どもなんて、ほとんど未来しかないようなものだろ。都市から高原に逃げてきて、ようやく将来について考えられるようになっても、この国で、都市以外の場所にどうやったら希望が持てる？　だから、同年代のアビーを木の陰で見つけたとき、俺は激しく揺さぶられた」

ツグミの言葉が、思考のなかに反響する。それを聞きながら、木々を避け、下生えを足で掻き分ける。いまや木々の間に走る気のする影を、犬のように闇雲に追いかけ回しているだけだ。自分が森のどの辺りにいるのか分からない。それほど広くないはずの森で、僕はまた水平に広がる深淵に落ちている。

「そして君は、施設の周囲にあったフロラで、昏睡状態に陥った」

「そうだ」

「僕があそこで引き返そうと言っていれば、あんな別れ方はせずに済んだ」

「そうかもしれない。でも、俺はあのとき、初めてフロラの影響から脱する糸口を摑んだんだ。アビーが俺の名を呼んでくれた、あのときに」

怒りを感じながら必死に叫んだあの林の光が、脳裏に蘇る。いまだって同じだ。僕は状況に翻弄され、混乱している。

「ただ、名前を呼んだだけで？　たまたま出会って二週間程度の僕が――」

「期間は関係ない。きみである必然性もなかったのかもしれない。でも、俺を救い出してくれたのは、紛れもなくきみだった。あのとき、俺は抵抗する意思を取り戻した」

「抵抗」

「フロラに対する抵抗だ」

僕の弱々しい声とは反対に、彼の声は次第に力強く、確信に満ちてくる。

「俺は退院後、地方でフロラ整備の仕事を転々とした。地方では群を抜いて金になる仕事だったが、常にフロラとの戦いだった。油断すればフロラに支配された。でもそのなかで、俺は自分の思考のために、逆にフロラを利用する方法を見つけていった」

フロラを――思考に使う？

「それは、レンダリングじゃないのか」

「フロラを使って考えることは、ランドスケープを見ることじゃない。ランドスケープという思考方法を手に入れて、使うこと——植物の思考の本質に迫ることだ。俺はそのときまでには、自分が陥っていた状態について仮説を持っていた。フロラは、俺を計算資源として使っていた。俺の脳はフロラに過剰に適応して掌握され、パタンを創発するシステムの一部にされていたんだと。もしこの仮説が的を射ているなら、その逆も可能なはずだ。そう俺は考えた」

　そんなことがありえるのだろうか。人間が計算資源になるなんてことが。

　そこで僕はヒタキの言葉を思い出す。彼女の電場コミュニケーションの研究。昆虫を組み込んだ次世代のフロラ。植生だけでは生み出せない多様なパタンを創発する、動物を組み込んだ計算資源——。

「フロラを使うことで、俺は初めて望みを持つことができた。動機を抱えることができた。思考の風景が何倍にも広がった。そのなかで初めて自由を得た。意志を掲げ、未来を思考する自由を。俺はフロラに打《う》ち克《か》って、自分を取り戻したんだ。そして、こうして東京に戻ってきた」

　しばらく沈黙があった。カードの向こうから、微かにセミの声が聞こえる。僕のいる世界とほんの少しずれてしまった、別の世界の音のようだ。

「……なにを言ってるのか、やっぱり、よく分からない」

僕の声は震えていた。

「本当なんだ、アビー。きみに知ってほしかった。よく聞いてくれ――」

「聞いたよ。ちゃんと聞いた。でも、そんなこと――冗談なんだろ」

「冗談じゃない!」

ツグミは叫んだ。

「ならどうして、グリーンベルトの計算資源を奪おうとするんだ!」

僕も叫び返す。森のなかでツグミを完全に見失い、立ち止まった。

「フロラの支配から脱して、思考を取り戻したなら、もういいじゃないか。東京を危機に晒してまで、なにがしたいんだ。まだ足りないっていうのか。それとも、君を追放した都市に復讐したいのか」

「違う!」

高原の記憶で何度も反芻した優しい声ではなかった。僕と同じように震えた、生々しい人間の声だった。

「これは――俺だけの問題じゃない。ウムヴェルトなんて不完全なものを超えて、フロラと人間がより深く、直接的に繋がれる技術が、今後きっと生まれるだろう。そのとき、俺と同じようにフロラに影響を受ける人間がいるかもしれない。フロラに思考を奪われ、都市で生きることができなくなる人が、大勢生まれるかもしれない。その前に、人間がフロラの上に立ち、フロラを使えるようになるべきだ。俺は、フロラと戦う武器をつくる。グリーンベルトの莫大な計算資源があれば、きっとそれができる」

彼の口調は、まるで自分に言い聞かせるかのようだ。どこまで信じればいいのか分からないまま、どうにか言い返す。

「でも、それなら――もっとやり方があるはずだ。時間はかかっても、もっと安全に目的にたどり着くやり方が――」

「誰が理解できるというんだ！　俺がフロラに直接影響を受けるという簡単な事実を周囲が認めるのに、どれだけの時間がかかったか、どれだけ言葉を尽くして訴えたか、きみは知らないだろう。人に理解されるのを待っていたら、永遠に物事は変わらない」

林のどこかから、彼の肉声の微かな響きが伝わってくる。

「アビー、きみなら分かってくれると思っていた。シンガポールを離れ、東京にも居場所を見いだせず、あの高原のエゴノキの陰に座って、ここではない場所へ行きたがっていたきみなら。俺が高原のフロラに自分を奪われたとき、名前を呼び、ここにいると言ってくれたきみなら、俺が考える世界を理解してくれると」

ツグミの声は次第に悲しみを帯び、か細い糸を伝ってくるかのように、低く静かなものになった。

「なあ、こんなふうに思うことはないか」

セミがうるさい。カードを耳に押し当てる。

「俺たちはそれぞれ地中に無数の根を伸ばしている貧弱な草だ。俺たちには目も耳もない。硬い土に自分をねじ込むように、互いの根を闇雲に伸ばしているんだ。ほとんどの根は隣人たちの根と際限なく絡まるくせに、引っこ抜かれるときにはいとも簡単にほどけて、自分だけが大地から放り出される」

「——ああ」

もう僕は目を閉じて、膝から崩れ落ちそうになっている。

「だけどたまに、引っこ抜かれる俺の根に絡まって、千切れた根の断片を地中に残してくれる、別の草がある。そこに理由はないんだ。ただ、たまたま絡まりやすい位置やかたちでそこにいただけだ。それでも、俺が何度も引っこ抜かれて放り捨てられて、草ですらなくなってしまったあと、もしもう一度太陽へ向けて伸び始めることができるとしたら、そのスタート地点は、誰かが留めておいてくれた俺のかつての根の、どれかしかありえない」

いまの僕も、弱々しい草だ。あらゆるものから引き剝がされ、振り回されて、そのあとで僕がなにかを始められるとするなら——。

「アビー、俺の根は、あの日、たしかにきみのところに残った」

僕たちは、ある場所で、短い夏をともに過ごしただけだ。しかし、ツグミの言っていることは、鏡写しのように、僕の思いと繋がっている。

「それは、僕も同じだ」

だからこそ――。

「なのにどうして、そんなふうに僕から逃げるんだ！　なぜ、こんなに不確かな、か細い根しか、僕に伸ばしてくれない！」

ツグミは数十秒沈黙した。僕は息を止めて、森の真ん中に立っている。

「――ごめん」

彼の声は本当に遠くに聞こえた。

「俺たちの場所を、一緒に見つけたかった。でも、あの約束はもう、守れそうにない」

通話は切れた。

呆然と立ち尽くしている僕を、誰かが遠くから呼んでいる。

青い制服の警備員が、そこは立入禁止だと怒鳴っていた。

5

「さすがに、少ししおれてきましたね」

新宿御苑温室の地下、栽培室のテーブルで〈花束〉を点検しながら、ヒタキは言った。

「固定剤を使っても、あと数日が限度かもしれません」

「事故現場のランドスケープを分析できただけでも、充分すぎるくらいです。ありがとうございました」

花を扱う彼女の手を見ながら、僕は答えた。

「――本当に、もう充分です」

明治神宮でツグミを見失ってから、いよいよ出勤することも難しくなってきていた。

頭のなかに大きな隙間ができてしまって、右脳と左脳の間で考えを行き来させることができないように感じた。脳の左側にいる僕が、右側にいる僕に向かって、ボールを投げる。

右側ではグローブをつけて、いまかいまかと待ち構えながら骨の天蓋を凝視している。しかし左側はとっくにボールを投げていて、同じように右側がボールを投げ返してくるのを待っているのだ。ボールはすでにふたりの間の深い谷に落ちていて、それを知らないまま、僕たちは白い空を眺めている。そんなふうにして、気づけばなにも思考できないまま数時間が過ぎている。

ツグミがカード越しに話したことは、真実なのだろうか。警察は捜査状況をほとんど教えない。僕たちが一方的に彼らに情報提供をするだけだ。だから、彼が本当にグリーンベルトの連続事故を引き起こしたのかどうかは、分からない。僕が発見した、計算資源を奪う特殊なパタン。分析官があれを追って犯人のアクセス地点を絞り込み、その結果ツグミが捜査対象に挙げられた。そういう経緯があったのかどうかも、分からない。だからこそ、覚悟も否定もできないまま、宙吊りにされている。思考の空白に、神宮の森で聞いた彼の最後の声だけが、眩むように残響している。

「砂山さん、なにかあったんですか」

声に我に返ると、ヒタキが手を止めて僕の目を見ていた。

「今日は様子が変です。わたしが聞いていいことなら、話してください」

彼女は仄《ほの》かに微笑んでみせる。研究の合間に助けてくれる彼女に余計な心配をかけていると思うと、一層自分が情けない。僕は取り繕おうとするが、口元に力が入らず、うまく笑えない。

「――あの、僕のことはもう、大丈夫ですから」

意を決して切り出した。

「グリーンベルトの仕事は、折口さんのおかげで完遂できました。頂いた参考情報も警察に渡しました。この件に関しては、もう僕にできることはありません。当面はレンダリングや分析以外の仕事もありますし、これ以上〈花束〉のことで気にかけていただく必要はないんです」

「ご迷惑でしょうか」

「いや、まさか――ただ、負担になるんじゃないかと思って。ただでさえ研究で忙しいのに」

彼女はため息をつくと、椅子を引き、栽培テーブルを挟んで僕と向き合うように座った。

「砂山さんは、本当に不思議な人です。不思議なくらい、どうしようもない人ですね。人の言うことにいつもまじめに答えるくせに、大事なことは聴き逃しがちで」

「それは――お叱りですか」

「叱ってます。砂山さんに〈花束〉を渡したとき、言いましたよね。これがわたしなりの答えだって。わたしはこれでも学者なので、自分の回答の結果は最後まで見届けます」

「なら、もう結果は出たでしょう。〈花束〉はきちんと機能しました。これからのことは、僕の問題で――」

「わたしの回答は、〈花束〉のことじゃありません」

彼女はぴしゃりと言った。

「世界を庭園の花々で覆い尽くしたい、なんてわたしが言ってたの、覚えてますか。砂山さんが倒れる前に」

「――よく覚えてます」

記憶は鮮明だが、もう随分昔の出来事のように、印象が淡い。

「わたしの研究、いや人生の動機は、死んだ母のつくっていた庭にありました。その庭を想うだけで希望が持てた。そして、わたしの動機に必然性があれば、いずれ世界が母の庭のように心地よいものに変わっていくだろうと思っていました」

彼女はテーブルの上の花々にそっと触れた。

「しかしそれは予言や決意ではなく、非常に甘い願望に過ぎないと、自分で分かっていたんです。この研究は結局、世界を庭園に変えることはないのではないか。わたしがフロラに組み込んできた植物たちは、この森林都市の表層の飾りに使われるのが関の山かもしれない。庭など所詮《しょせん》個人の趣味に過ぎず、わたしの動機は、その場所の外の誰とも繋がらないのではないか、と。自分の動機をどこに向ければいいのか分からず、苦しかった。気体を詰め込まれた風船になった気分で、人のいるあらゆる場所から離れ、どこか寒い、意味の発生しない宇宙に浮き上がっていくような気がしていました。だから、新宿の街で、同じように向かうべき場所を探している砂山さんに、興味を持ったんです」

それを知らず、あのとき僕は、彼女に嫉妬していた。彼女の持っている居場所に。

「そして、砂山さんがここで倒れたとき、自分の庭に初めて誰かの訪問を受けたような感じがしました。あなたがわたしの花たちを押しつぶす光景を見て、母を思い出しました。母はわたしとは異なる人間で、すでに死んだのだと、そんな当たり前のことを初めて理解したんです。わたしの甘い願望の世界は、そこで完全に破綻した。わたしはもう、母の庭を夢見ることができなくなったんです」

「僕の事故をきっかけに、動機を失ったということですか」

「そうです。わたしを支えていた必然性は、この程度のことで崩れてしまいました——こんな言い方は失礼ですね。すみません」

「いえ——」

僕は類まれなる彼女の創造性の源を、踏み荒らしてしまったのだろうか。

「でもそれは、遅かれ早かれ壊れてしまう脆いものだったのかもしれません。わたしは自分の願望の延長にある世界に、自分以外の人間の存在をうまく想像できていませんでした。あなたは、そこに倒れ込んできた闖入者《ちんにゅうしゃ》の第一号だったんです。そしてわたしに、あなたへの責任が発生しました」

「いや――ここまでの話を聞けば、責任があるのは、僕の方じゃないですか」

「違います。わたしが、あなたへの責任を負っているんです。能動的に責任を持ったんです。わたしは砂山さんの事故をきっかけにフロラに別の角度から触れ、そして、自分の研究は世界の単なる見かけの問題ではなくて、人間の問題なのだと気づきました。人間とフロラの間に生じうる、より豊かな関係。それが、わたしの研究が目指すべき、本当の庭なのではないか。そう思ったんです」

ヒタキは微笑む。この印象的な笑顔を見るのは、彼女に会ってから、もう何度目か。

「砂山さんに興味を持ったことで、夢のあとの世界に、わたしは辛うじて回路を持つことができました。あなたへの責任を持ち続ける限り、わたしは自分が望んできた理想を、すべて捨ててしまわなくてもいいと思うことができるんです」

彼女は確信している。それによって安堵して、笑みを零している。

「わたしの庭にいるのは、砂山さん、まずあなたなんです。だから、わたしは庭の主人として、あなたへの責任を、積極的に欲望します。それがわたしの回答だったんです。〈花束〉は、そのほんの一部です」

彼女が黙ると、栽培室には静寂が訪れた。僕は言葉に詰まった。空調の音だけが、低く唸っている。

「……砂山さん、温室を見ませんか」

階段を上ると、もう日は落ち、藍《あい》色の夜が来ていた。温室には照明が煌々《こうこう》と灯り、綿毛のような細かい部材が星のように輝いている。僕たちはスロープを歩き、植物たちを眺めた。彼らの吐息が聞こえそうなほど、静かな夜だ。

「庭園というのは――」

ヒタキがそっと口を開いた。

「善悪や、有用性や、構造の問題ではない。実は、審美性すらも問題ではないと思います。庭園は、関係性のひとつのあり方だと思うんです。庭は天然の関係ではない。つまり必然性に基づいてはいません。どんな客観的な理由もないところに、作為と努力、そして良き趣味によって、関係が危うく成立するんです。それは、個体間競争を徹底した結果、全体として調和的なパタンを創発する森林のようなシステムとは、違うものです。人間がこれからフロラと深く繋がっていくのだとしたら、森林ではなく、庭園こそがモデルになるのではないか。わたしはそう思います」

彼女は、言うべきことを忘れてしまうのを恐れるように、懸命に言葉を繋げる。

「庭園は個別的で、相補的で、常に破綻の危険を内包している。庭はそういう、存在のひとつのモードなんです。人間と、動植物たちとの間につくることができる、倫理の一形態。ここではない別の世界を発生させる思考を空間化したものです。わたしたちが庭園という方法を使って考えることができるようになったとしたら、わたしたちの未来は、大きく変わる。それは単純に計算資源量を増やしていくことよりも、きっと遙かに深い衝撃をもたらすはずです」

　僕は彼女の言葉を、ひとつひとつ咀嚼《そしゃく》する。

「わたしが母の庭から受け取ったものは、庭園というモードについて考え続けることだったんだと思います。それが、わたしというひとときの存在の仕事なんです。そして、考えるということは、誰かと共にする場所とか、空間とか、関係性のなかでこそ可能であると、感じるんです」

　彼女はそう言って、僕の抱いた〈花束〉に触れた。彼女の手の熱が、僕のなかに移った気がした。

「……折口さん」

　ようやく、ぽつりと声が出た。

「はい」

「これから、僕の友達の話をします」

　ヒタキが頷くのと、僕のカードから受信音が鳴るのは、ほぼ同時だった。

　届いたメッセージを見ると、悲しみとも喜びともつかない熱い風が、僕の内部に吹いた。

　風が収まると、一瞬の逡巡《しゅんじゅん》は消えていた。

「――ただ、この話は、タクシーのなかでしましょう」

静止していた夜が、音を立てて動き始めた。

「どこへ行くんですか?」

スロープを早足で降りる僕の後を追いながら、彼女が問いかける。

受信したメッセージには、ただ、位置情報だけが表示されている。

中央防波堤埋立地。グリーンベルトの全区間中最新の、そして最後の区域。

「その友達——藤袴嗣実っていう困ったやつに、会いに行くんです」

温室の出口の先には、真夏の湿った夜がどこまでも広がっている。

その夜の淵に、ヒタキを連れて飛び込んだ。

*

タクシーを降りて初めて、今日は新月だと気づいた。

暗い街灯が点々とついた歩道の先に、背の低い巨大な影がべったりと張りついている。

東京湾最後の埋立地と言われた中央防波堤最終処分場。ついに一杯になったこの埋立地の大規模フロラ化によって、東京グリーンベルトは端点のない環として完成した。つい数年前のことだ。まだ移植されて間もない樹林には隙間が多く、どこか空虚な感じがする。

この埋立地のフロラは、樹木が成長して本格稼働が始まるまで、巨大な森林公園として開放されている。三キロメートル掛ける六キロメートルというその規模は、開放された東京の緑地としては最大のものだ。

真夏の夜、近隣に娯楽施設も飲食店もない巨大森林公園には、人の姿は全く見られない。ほとんど赤黒い街灯の光のなかに、隙間の多い、成長途中の木々が浮かんでいる。真っ黒な海から列をなして這い上がってきた都市の亡霊たちが、身が乾くのをじっと待っているかのようだ。

僕たちは埋立地東端の水際広場に到着した。

「彼はなぜ、僕にこの場所を教えたんでしょうか。僕を呼び出して、なにをするつもりなのか」

「砂山さんに、なにか伝えたいことがあるのではないですか」

「あるいは、彼を理解できなかった僕に、目的の達成を見せつけたいのか」

「目的——フロラを解放すること、ですか」

「ツグミは、フロラと戦う武器をつくるとも言っていた」

そして、都市の城壁を開け、思考の王国をつくるのだとも。その王国は、誰のためのものなのだろう。そこには僕やヒタキの場所もあるのだろうか。

「それがなにを意味するのか、詳しくは分かりません。でも、グリーンベルトの計算資源——いやランドスケープをその手段にすることは間違いない。この埋立地はまだ本格稼働はしていないけれど、すでにグリーンベルトのルートワークに繋がっています。この森のどこかで、ツグミは目的に近づきながら、僕たちを待っている」

「しかし、この広大な埋立地で、藤袴さんをどうやって見つければいいんでしょうか」

暗い森の入り口を見つめながら、ヒタキが言った。ツグミから送られた位置情報では、埋立地のなかの詳細な地点までは分からない。

「二手に分かれて探すしかないでしょう。僕は森を反対側へ抜けて、西側から探します。折口さんは、東端のここから探していってください。人影でも怪しいものでも、なにか見つけたらすぐ連絡してください。見つからなければ、森の真ん中辺りで一旦落ち合いましょう」

僕たちはカードを取り出し、接触通信した。互いの詳細な位置情報が追跡できるようになる。

ヒタキは、買ったばかりの二本の懐中電灯のうち一方を、僕に渡した。

「砂山さん、気をつけて」

「――ありがとう」

カードをポケットに入れ、左腕に〈花束〉を抱え、右手に懐中電灯を持った。ヒタキが手渡してくれたもので、両手は塞がってしまった。

「ツグミを見つけたら殴るのはやめて、代わりに頭突きでもしてやります」

彼女は頷き、くすりと笑った。

僕は森林公園の巨大な影のなかへと走り込んだ。小さな照明に照らされていた歩道から少し離れるだけで、視界が利かなくなる。まだ若い森林には光の届く隙間があるはずだが、暗い新月の空と海に挟まれ、東京の明かりから遠く離れたこの人工島の夜には、遮るべき光さえほとんどないのだ。懐中電灯の光の円錐の底面を最大に広げ、闇のなかを光の手で探る。ランダムに植えられた樹幹に、勢い余って正面からぶつかりそうになる。

僕は淵を覗く男だと、父は言った。いまの僕はただ、真っ暗なそのなかに浸っている。森林を吹き渡る風の音を聞いても、どんなイメージも現象しない。ここはやはり、グリーンベルトの一部なのだ。

「ツグミ！」

声は、瞬時に夜に吸収される。


埋立地に向かうタクシーのなかで、ツグミとの出会いと別れ、そして八年ぶりの再会について話すと、ヒタキは言った。

「人間がフロラに計算資源として組み込まれる。その仕組みを利用して、逆に人間がフロラを思考に利用する。そんなことが本当にありえるのか、正直、半信半疑です。でも——

——」

ヒタキは考え込んだ。

「——植物と動物のコミュニケーション。電場を介して、動物もフロラのパタン創発に寄与する……。昆虫や野生動物にできるなら、人間がウムヴェルトなしで植物と相互作用を持つことも、たしかに全くありえないとはいえません。動物の——人間の身体にも、植物によく似た細胞記憶システムが存在します。もしそのシステムがフロラと繋がってしまったら、どうなるでしょうか」

「フロラに支配されてしまうか、フロラを逆に支配するか」

「藤袴さんの症状は、そういうものだと考えることもできます。あくまで、彼の仮説を下敷きにするならですが」

「ツグミがウムヴェルトを使わず、直接フロラと情報のやり取りができるとしたら、グリーンベルトの強力なセキュリティに阻まれずに計算資源を奪えるのも当然です」

「そうですね。しかし事件のことより、わたしが彼に手渡せるものについて、考えたいんです」

彼女は僕を見た。

「研究が発展し、人間とフロラが直接繋がる方法を解明して制御できたとしたら、藤袴さんの症状を制御できるかもしれません。常にフロラと戦い続けずとも、フロラを人間が使いこなすことが可能になるとしたら、誰かを——彼自身を傷つけかねない危険な抵抗は、必要なくなる。どれくらい時間がかかるか、見当もつきませんが……」

「時間がかかってもいい。いまツグミに必要なのは、偶然でも無理やりでも迷惑でも、彼の根を離さずにいる誰かなんです。その誰かに、僕はなりたい」

はい、と静かに言って、彼女は目を伏せた。

「――世界を花々で覆うなんて素朴な夢のために取り組んでいた研究でした。その甘い夢に苦しめられてもきました」

「でもそれが、ツグミが東京を相手に挑んでいる目的に、希望を与えるかもしれない」

「いや、まだ先があります。使う、使われるではなく、人類と植物との間に、より相補的で倫理的な関係が生まれるとしたら。そう、たとえば、庭園のような」

庭園という方法を使って考える。温室で、彼女はそう言っていた。

ツグミも、似たことを言った。ランドスケープという思考方法を手に入れるのだと。

「わたしは、フロラと正しく関係することを見つけたい。その希望を、藤袴さんに伝えたいです。一度も会ったことはないけれど、砂山さんの友達なら、わたしは勝手にその人にも責任を抱きます」

彼女はそう言って笑って、タクシーから夜の街を見た。はじめは苦手だと感じた微笑みが、いまは信じられる、熱源だ。

考えながら走っているうちに、森を抜けて埋立地の西側に出た。

僕はその場でしばらく息を整え、身を翻して再度森に入る。今度はまっすぐでなく、ジグザグに樹間を進んでいく。

手探りするようにあちこちへと、もう三十分は走っただろうか。森はいよいよ深く、暗くなり、まるで深海だ。一度立ち止まって呼吸を整えると、これまで気づかなかった虫の声がする。下生えもまともにない、まだ若く不完全な森だけれど、すでにここには生きた関係がある。

場所というのは、それ自体が思考方法なんだ。埋立地の森のなかを走りながら思う。

僕が飛行機の窓から見たグリーンベルト。その環は様々な場を囲いとって、本来断片的なものであるはずの東京都区部を、無理やりにひとつの都市にしていた。僕がグリーンベルトに感じ、東京に暮らし始める理由となったものは、つまり東京という思考方法の可能性だった。システマティックで、そのくせ断片的で、それでもどうにかひとつの場所である東京をモデルにして考えること。僕が見出したのは、東京で人々と場所を共有するという方法を使って、断片的なもののなかに世界を見つけることへの希望だった。

日本に来て早速それにつまづいて、僕は随分長い間、足踏みし続けてきた。そのつまづきの一瞬のなかに、ツグミはいた。

だから、僕の再スタート地点は、彼のいる場所以外にはありえない。ヒタキがくれた望みの花束を渡して、僕たちのもどかしい迂回路を、ここで合流させる。

ツグミ、約束を果たそう。大丈夫。僕たちの探している場所は、もうすぐ近くにある。

そのとき、鼻歌のようなものが聞こえた気がした。

それはごく単純な反復によって構成された、音楽にも満たないようなひと繫がりの音だった。しかし、一度の反復ごとに歌は解け、広がり、滲み、変形していく。

歌は〈花束〉から流れていた。グリッチ交じりで、辛うじて僕に届いている。

微かに、ほんの微かにだが、歌の伝わってくる方向を感じられる。意識を向けるとかえって消えてしまいそうな歌の方へと、僕は走る向きを変えた。歌はどこか深いところ、都市の張った根に取り残された、静かで幸福な地中から響いているようだった。

ヒタキから僕に移った熱が、小さな火を生んだ。〈花束〉から流れ込む歌がその火と共鳴する。走っていくにつれ歌は次第に大きくなり、その反復を細部まで聞き取れるようになる。現実の暗い森に重なるようにして、ランドスケープに似た感覚が空間に充満する。

身体の時間が引き伸ばされ、一歩ごとに何度も朝が訪れる。

不定形の砂礫《されき》から析出《せきしゅつ》された光が、網膜をちらちらと焼く。

遠くでサイレンが鳴っていることに、走りながら気づいた。ひとつに聞こえていたサイレンは複数になり、ずれからうねりを生み出しながら、次第に大きくなる。その音のせいで、歌がよく聞こえなくなる。

振り返ると、樹間の遙か先に、ちらちらと赤く明滅する光が見える。それに照らされ、べったりとした均質な暗闇が、薄い輪郭を伴うようになる。僕は方向を変えず、懐中電灯で暗闇を散らしながら、ひたすら走る。

足取りの感覚がほつれ、絡まり、奇妙なスキップを再帰的に生み出す。

歌がよりはっきりと聞こえるようになってきた。サイレンの音よりもはっきりと。僕のなかの火は大きくなり、ツグミの不在に対して激しく燃えている。その熱をしっかりと感じる。それを僕は動機、欲望、希望と呼ぶことにする。それはヒタキの言った責任と似た、なにかに燃え移ろうとする、わがままな衝動だ。僕はこの森林に、グリーンベルトに、東京に燃え移って、すべてを灰にしてしまってもいいとさえ思う。それによってツグミに火を移すことができるのなら、それでもいいと思うのだ。

大気が粘性を増し、僕は走行する獣から泳ぐ魚に変化する。

僕の通り過ぎた空間には痛みの渦が生じ、夜がかき混ぜられる。

歌が大きくなり、もう僕は自分の思考を束ねておくことができない。思考という豊穣を与えてくれるはずの都市の周縁で、僕はどこまでも延長する深淵に潜っていく。

どこかで犬が鳴いた。距離はかなり近い。なにかを見つけたことを知らせるためか、それとも新月の夜に月光を懇願するためか、犬たちは断続的に吠え続けている。鳴き声を聞きながら、懐中電灯で探る森の端々に、あの高原を思い出す。エゴノキの陰、不思議な神話のモチーフについて語る、ツグミのことを。

「砂山さん！」

声に振り返ると、ヒタキがすぐ近くにいた。汗を垂らし、苦しそうに息をしている。

カードで位置を確認する。僕たちは、森林のちょうど中心からやや南に下った場所にいるようだった。

「東側には、誰もいませんでした。暗くて見逃してしまった可能性もありますが。一旦、砂山さんと合流しようと思って」

「西端からここまでも、誰もいませんでした。まだ行ってないのは、森林の北端と南端の辺りだけです――ところで、歌、聞こえませんか」

「え――」

一瞬の間があった。

「――いえ、なにも――あ、待って――ウムヴェルトが振動しているような――なにか聞こえるような気がするんですが――すみません、サイレンにかき消されてしまって、よく分からないです」

おそらく、この歌は僕だけに届いているのではない。

「きっとツグミが歌を埋立地に、いや、グリーンベルトに流しているんです」

「歌？　なにが目的なんでしょう」

「これが、あいつの八年間の抵抗の、最終成果なのかもしれない。ツグミの居場所は近いはずです。ここから、北か、南か——」

遠くに赤い光が見え、ちらちらと白い光も点滅する。犬の鳴き声が大きくなり、焦りがつのる。

この埋立地で最も新しいのは、南端の辺りだ。まだ埋め立てられたゴミのガスが抜けきっておらず、植樹も本格的ではないはずだ——。グリーンベルトの計算資源が目的なら、ツグミは北側にいると考えるのが妥当だ。

でも、ツグミが好む場所は、きっと緑の城壁の外側だ。そんな気がした。

「折口さん、こっちです」

僕は彼女を連れて、南へと走り出した。

気持ちは逸《はや》るばかりで、汗が顎から垂れる。

「ツグミ——」

僕から、か細い声の根が君に伸びていく。僕がいま伸ばせる、唯一の根だ。根は震えながら、それでも途絶せずに、僕には見えない君の居場所へと向かう。

そして、僕は賭けに勝った。

立ち止まっていたときに比べて、歌は急速に明瞭になっていく。埋立地の南端にツグミはいると確信し、木々の間を駆け抜けていく。

〈花束〉を離さないよう抱え直し、僕は歌の生み出すランドスケープへと突入する。僕たちを包んでいた暗闇にひびが入る。無数のカラスが飛ぶ。全身で、閉じられていた目が開く。

歌の発する場所はもうすぐそこだ。世界の端にある小さな穴に向かって、僕はヒタキを連れて落ち込んでいく。木々の間を、白光のビームが次々と走る。光は遠方から発しているが、僕たちを刺し殺せそうなほど鋭い輪郭を持って、森林を走査している。犬たちはもはや叫びのような鳴き声を上げている。

そのすべての光と音が届かないぎりぎりの場所に、ツグミはいた。

彼は一層背の低い一本の木によりかかり、目を閉じていた。凹凸の深い目元に合わせて、こけた頰が強い印象を残す。薄く無精髭が生えている。全体的にやつれた様子で、顔には疲労が滲んではいるが、表情にはまだ十代の少年のようなやさしい印象があった。柔らかい髪を乱して、つくりかけの球体関節人形のように座っている。

歌は〈花束〉から僕のなかへ、もう本人の肉声のように響いている。目の前のツグミの口がへの字型に閉じられているのを、僕は不可解に思いながら見つめた。

「ツグミ、来たぞ」

僕は彼に一歩近づいた。ヒタキは、すぐ後ろで、息を吞んで見守っている。

犬が近くで吠え、足音が迫る。周辺が時折、強い光束で貫かれる。

「約束を果たしに来たんだ。目を開けてくれれば、ここが僕たちの場所になる。眼差しさえあれば、現実は、想像力の敷地になる」

懐中電灯を消し、〈花束〉を掲げた。

「ツグミ、いま、ここが、僕たちの豊穣の在り処《コルヌトピア》なんだ」

さらに近づこうとしたところで、後ろから手を掴まれた。

声を上げる時間さえないうちに、木々の間から警官たちが次々と、まるで鳩時計の仕掛けのように躍り出た。

後ろ手に地面に押さえつけられた僕とヒタキの目の前で、彼らは数人がかりでツグミを確保する。

ツグミは目を閉じたままだ。

離してしまった〈花束〉が、ツグミと僕との間に落ちている。少ししおれてしまったが、充分美しい。ヒタキから僕に向けられた季節外れのアジサイたちが、今度は僕からツグミへ向けて、静かに微笑んでいる。

僕は警官に押さえつけられながら、高原でツグミと最後に会った日の光景を、自分の置かれた状況に重ねていた。

僕はあの明るい淵に落ちた夏から、この暗い淵に至るまでに、どれだけ変わっただろう。相変わらず、起こることにいちいち翻弄されて、無力なままだ。

でも、それでもいい。何度でも同じように、新しい根を伸ばすだけだ。

「ツグミ！　藤袴嗣実！　僕はここにいる！　君の行くところがどこであっても、そこに僕はいる！　君とは違う眼差しを持って、同じ場所にいるぞ！」

しっとりとした地面に頭を擦られながら、力任せに叫んだ。口に土が入って咳《せ》き込んでも、拘束され運ばれていくツグミに向かって、僕は何度もその名を呼んだ。

歌はその後もしばらく続いた。そしてある瞬間、きちんと畳まれるように、静かに終わった。

螺旋を描くスロープをゆっくりと下りながら、タンポポの綿毛めいた繊細な金属とガラスが和らげた光を受け、まどろむようにぼやけている植物たちを見ていた。

温室のなかは暖かいが、外の裸の木々は寒々しく風に揺れている。コートが必要なほどではないが、スーツに合わせるスカーフは、もう冬用に切り替えた。とはいえ、僕は今日はビジネススーツではなく、暖かいツイードのジャケットを着ている。〈角〉はつけていない。

スロープを降りきるところで、ちょうどヒタキが、地下の研究施設から上がってきた。真っ白なジャケットの下に、タートルネックのセーターを着ている。

「ごめんなさい。遅くなりました」

急いできたのか、首まで短くした髪が、少し乱れている。

「いえ。休日なのに、研究してるんですね」

「お昼頃までだけです。――淵彦さんの方は、どうですか」

「昨日までに、事後処理は完全に終わりました。これで社内的にも、グリーンベルトの事件はようやく終了です。あれからフロラのセキュリティ向上の案件が多くなって、そっちの部署の人は大変みたいですが」

ツグミの逮捕から三ヶ月が経過し、十一月中旬になった。

グリーンベルトに対する破壊活動犯として、ツグミの名前は報じられた。事件が起こした衝撃は大きかった。グリーンベルトという不可侵の存在、土地そのもののような不動の存在を意図的に傷つけた犯人に対し、激しい非難が巻き起こった。ツグミが用いた方法が明かされなかったことが不安を煽ったという面もあったかもしれない。かといって、彼の方法をどう説明すればいいのか警察にも僕たちにも分からないのだから、仕方ない。

しかし二ヶ月ほど経つ頃には、ツグミの犯行は実はごく原始的なもので、せいぜい火炎瓶を立入禁止区域に投げ込んだくらいのものではないかなどと憶測が広まり、事件そのものは矮小化《わいしょうか》され、余波は終息した。ツグミの来歴が報道され、彼の入院歴や地方での仕事が明らかにされると、論点は次第にフロラに関連した精神疾患や、拡大する地域格差へと移っていった。

株価は一時急落したが、二週間後には何事もなかったかのように変動幅を戻した。しかし、ブラジルを中心とするアマゾン計算資源パートナーシップが大々的なフロラ建設計画を発表したこともあり、大企業が東京から計算拠点を撤退させるという噂が広まっている。

「調査室での僕の仕事も、ほとんど終わりです」

温室の出入り口の自動ドアを抜けながら、僕は言った。外には、すでに厳冬の予感を含んだ風が吹いていた。

「引き継ぎ中ですか」

「いや、いつも単発の仕事ばかりなので、それほど引き継ぎ事項はないんです。来年の春に地域計画関連の部署に移るので、それまではできることをしますよ」

「――そうですか。おめでとうございます、と言っていいんですよね」

「もちろん。希望通りにしてもらえましたから」

僕は、依然として通常のフロラをレンダリングできないままだ。ツグミが逮捕されてすぐ、〈花束〉を構成していた異端植物たちは力尽きた。ヒタキは同じものをもう一度つくると言い張ったが、僕が固辞すると、渋々諦めたようだった。僕は少し、ランドスケープと距離を置こうと思っている。

僕たちはしばらく黙って、新宿御苑の園路を歩いた。

「まだしばらくは、東京にいるつもりですか」

出口のゲートが近くなってきたとき、ヒタキが僕に尋ねた。

「東京にいる意味とか、砂山さんが行きたいところとか、分かりましたか」

「一度は見えた気がしました。でも、まだしばらくは、東京にいる理由をあれこれ考えて、楽しめそうです。その先は、とりあえずツグミが元気になってからですね」

ツグミは起訴されたが、最後の犯行時にフロラから受けた影響のため、拘置所内の病院に入院しているという。意識はあるが、かなり弱っていると聞いた。何度も問い合わせているが、まだ面会はできていない。

「そのときはわたしも、一緒に行き先を考えさせてくださいね」

僕が頷くと、ヒタキはぎこちない笑顔を見せた。彼女の得意の微笑の間から漏れ出した、あどけない子どものような表情だ。

新宿御苑を出て、新宿駅東口の近く、フロラで覆われた雑居ビルをエレベータで上り、美味しいと評判の小さなベトナム料理屋に入った。三階の窓際の席から、歩道を行き交う人々の頭が見える。最近、〈角〉をつけた人が多くなったように感じる。

「そういえば、大学の職、決まりそうです」

彼女は鞄をあさり、紙のパンフレットを取り出した。千葉の大学だ。

「臨床医療へのフロラの応用について研究する分野です。まだ新しく、先の見えない領域ですが、電場コミュニケーションの理論を、実践に繋げられるかもしれません」

「ヒタキさんの研究が進めば、僕もまたランドスケープを観られるようになるでしょうか」

「きっと、そうしてみせます」

ヒタキは目を逸らさず言った。

「いまでも、後悔しています。淵彦さんからレンダリングを奪ってしまったことを」

「でも、僕があそこで倒れていなかったら、事件は全く別の決着を迎えていたかもしれません。それに、いまはランドスケープのなかじゃなくて、この現実の世界を、もっときちんと覗いてみたいんです」

彼女の表情に柔らかさが戻った。

「千葉に住むときは庭地つきの家を借りて、わたしの庭を作ろうと思います。母の庭は一旦忘れて、自分の好みのものを。完成したら、見に来てくださいね」

料理が運ばれてきて、僕たちは食事に取り掛かった。

「最近、研究を手伝ってくれる学生の子に聞いたんですが」

春巻きに手をつけながら、ヒタキが言った。

「ウムヴェルトをつけると、歌が聞こえるような気がするらしいんです」

「歌？」

「そうです。なんだかよく分からない、繰り返しの多い、複雑な歌だと。若い子たちの間で、噂になっているとか。その子も、ついつい口ずさんじゃうことがあるって言ってました」

フォーや焼き飯が運ばれてきた。僕は空腹を思い出し、料理を食べ始める。

「でも、人によって口ずさむものが全く違うらしいです。もしかしたら、都市伝説みたいなものかもしれないですね。あの夜に歌を聞いた人たちの話が、若い世代に広まったのかも」

ツグミが逮捕された夜に〈角〉を通じて不思議な音を聞いたという証言が、翌日以降次々と湧いてきた。ある人はメロディと言い、ある人はリズムと言い、またある人は鈴の音だったと言った。

「自分のウムヴェルトを、解析にかけてみました」

彼女は食事の手を止めて言った。

「歌らしきものは残ってなかったんですが、酷いグリッチが混じったパタンの痕跡がありました。どこか、既視感を覚えるような」

「既視感？」

「異端植物です。計算資源化を逃れ続ける、彼らの生み出す独特のパタンに、少し似ていました。……藤袴さんがやろうとしたことは、人間を異端植物に――フロラの支配に抵抗する存在にすることだったのかもしれません」

昏倒したあの日のランドスケープで聞いたサイレンの音が、微かに蘇る。

「異端植物に、人間を近づける。それって――」

僕を見て、そうです、と彼女は言った。

「淵彦さんに起こったことに近いのかもしれません。だとしたら、あなたも彼と同じく、フロラに直接――」

「やめてくださいよ。そんなことができる気配、全然ないです」

突拍子もないことを言われて困惑し、思わず笑ってしまう。

「そうですよね。ごめんなさい」

しばらく、黙々と料理を口に運んだ。どれも美味しかった。

「……ツグミの抵抗は、結局、失敗だったのかもしれない」

食後、皿の下げられたテーブルを見つめて、僕は呟いた。

「あいつが戻ってきたら、まずは僕を実験体に再挑戦してもらおうかな。誰も使っていないフロラを探して」

「――冗談ですよね？」

「いや、結構本気です」

視線を上げると、ヒタキは呆れ顔をしていた。

ふたりで小さく笑った。

それから、不意に涙が出そうになって、窓から空を眺めた。

「東京は、これからどうなっていくんでしょう」僕は彼女に尋ねた。「南米や東南アジアの巨大フロラは、そのうち東京のグリーンベルトを凌駕《りょうが》するでしょう。東京に集まっている人や情報や金は、いずれどこか別の場所に流れていくのかもしれない。それでもこの街に、この国に残った人々は、どんな暮らしをしていくんでしょうか」

「東京の最大の強みは、成熟した都市と巨大フロラが近接していることだと、淵彦さん、前に言いましたよね」

「ああ、そうでした。あのときはそう思ってました」

「これからも、きっとそうなんですよ。人間とは異質な、でも相互に深く関係した存在の系に囲まれて、そのなかで人間の系を考えること。それが、たぶん価値あることなんだと思います」

そう言って、ヒタキは窓の外を見た。彼女の視線の先で、ビルの屋上のフロラから、小鳥が飛び立っていく。

僕はただ、頷いた。

食事を終え、僕たちは新宿駅に向かった。

「そういえば、駅の屋上のフロラ、新しくなったらしいですよ。行ってみませんか」

ヒタキに導かれるままエレベータで上がってカフェスペースを抜けると、常緑低木が繁茂した見晴らしのいい庭園があった。子どもたちが、寒さなど意に介さずに薄着で走り回っている。

見渡す限り、灰と緑の混じり合った街並みが広がっている。建物から草木が生い茂り、街区には樹林が、細胞内小器官のように埋め込まれている。超高層樹林はゆったりと夢見るように揺れ、都市それ自体が、ひとつの明るい草地のようだ。そして、西新宿のさらに向こう、ビルの隙間に、僕たちを取り囲む深緑の環の一部が見える。

これが、僕たちの都市だ。

目を閉じると、温かい感覚が身体を上ってきた。

無意識のうちに、僕は鼻歌を歌い始めていた。

蒼転移

1

一瞬、頭上に影が差したように思って顔を上げると、空が壊れ始めていた。

五月の午前、雲ひとつない晴天に黒い小さな点が舞っている。陽光に目の奥を突かれながらそのまま見ていると、点々は青い大気から湧き出すように増え、ばらばらで無秩序のように見えたその動きは次第にまとまりを帯びてくる。密度の高い群れが生じ、古いコンピュータグラフィクスめいた非現実的な滑らかさで、空の一角を変形しながら移動する。

まるで、巨大な黒い薄布が風に乗って飛び、翻っているかのようだ。

数分のうちに、点々のつくる薄布はわたしが歩く道路の上空を覆い尽くし、無数の淡い影を舗装の上に降らせる。それと同時に、きいきいとも、ぴかぴかとも、ざあざあとも口真似できる、無数の雑音が折り重なって降ってくる。

空を覆っているのは、小さな鳥の群れなのだ。

二十一世紀最後の今年、春の訪れより少し早く湧き出して、東京のあちこちの空を飛び回っているのは。

青々と茂った街路のムクノキも、雑居ビルやマンションの汚れた外壁から伸びた数千の常緑の枝々も葉も、コンクリートもアスファルトも、鉄も、プラスチックも、すべてが斑の影と光を受けてきらきらと光る。わたしにはそれが、繊細な結晶が砕ける直前の、応力《おうりょく》の網目模様のように見えた。

わたしはちょうど、大学の最寄り駅を出たところだった。駅と大学の正門を結ぶ通りを歩いていた若い男女の群れは、鳥の群れを見上げて口々に小さな悲鳴を上げたり、悪態をついたりした。前を歩いていた髪の長い男が、小さく舌打ちをして歩調を早める。

わたしはそれを横目に見ながら、バックパックから折りたたみ傘を取り出し、空に掲げて広げた。陽に光る半透明の傘の膜ごしに、近景の中層マンションや雑居ビルが描く灰と緑のモザイク画が見え、遙か遠景に朝の風に揺れる背高の草のような、渋谷駅周辺の超高層ビル街の姿が見えた。周囲でも傘が次々と開き、空に向けて立ち上がる。その様は雨後の林床に現れる、色とりどりのキノコの群生を思わせる。

間一髪、うねる薄布の空から大粒の一滴が傘の膜にぼたん、と落ちた。

白と透明の粘液が緩慢に垂れて、地面に落ちることなく膜の上で止まる。同じものが街路に何滴か降ってきて、新鮮な白が緑や灰色の都市をぼたぼたと汚し始めた。

それは鳥たちの糞だ。わたしたちを取り巻く植生型コンピュータ《フロラ》の梢と空との間を往復する最中に、彼らは地上に粘っこい爆弾を落としていく。

わたしは首に手を当て、ウムヴェルトのノイズキャンセラを起動する。見えない金魚鉢を頭にすっぽりとかぶったように雑音が消え、空は静寂を取り戻す。古いポップソングが昨日の朝の続きから流れ始める。音楽の中に耳を澄ますと、ウムが集める街の生活音が微かに聞こえる。鳥たちの糞と騒音に慌てふためく街を感じながら、大学までの道を歩いた。

大学の正門をくぐっても、鳥たちの群れはまだ頭上を去っていない。薄布は上空を舞い、影と鳴き声と羽毛と糞の雨が降り注ぐ。建物もそれを覆うフロラも、白い糞で少しずつ汚されていく。学生が日々、様々な実験、シミュレーション、何よりも雑談や遊戯のために費やす緑の計算資源の中に、かすかなノイズが交じるのをウムが捉える。外壁や舗装の上には小さな清掃機械が這い出してきて、糞がこびりつかないうちに、無数の柔らかい指でこそげ取る。

キャンパスを貫くイチョウ並木を早足で離れ、耳元で長いアウトロが終わるまでには、ソメイヨシノやニレの大木に囲まれた教室棟にたどり着く。トイレに立ち寄り、わたしは鏡の前で髪の乱れを確認した。

朝、それなりの時間をかけて梳かしたはずのサイドのくせ毛が、古い歯ブラシのように外にはねている。そもそも伸びすぎだ。化粧でごまかした眠たげな一重まぶたに前髪がかかかり、気に入って着続けている薄手のカーディガンには毛玉がついていて、全体として冬の風にさらされた小鳥のようだった。爽やかとはとても言い難い。しかし、少なくとも鳥の糞は髪にも服にもついていなかった。それで十分だ。最後に、小声で発声練習をした。

くせ毛の応急処置を諦めて二十人規模の小さな教室に入ると、最前列に陣取って映像紙を広げた。窓の外は何事もなかったかのように明るく、鳥たちはいくらかの羽毛と糞を残して姿を消していた。

後列では動物科学科の同級生たちが、小声でさえずり笑っている。手近なフロラを数人で描《レンダリング》出し、ランドスケープを共有しておしゃべりに興じているのだ。その声は鈴が鳴るように愛らしいが、ノイズキャンセラをオフにしたことを、わたしは少し後悔した。

倉科先生は始業時間ちょうどに到着したが、屋外のフロラが不調で授業開始は十五分遅れた。

「都市鳥類学を選んだ君たちが、鳥に興味があるのか、単に遠出せずにフィールドワークを済ませたいのか知らないが、野鳥の見分け方くらいは知ってもらいたい。都心部で観察できる野生の鳥の種類は、この五十年で二十倍に増えた。フロラ整備の賜物だ」

先生は壁紙に指を滑らせ、野鳥を撮影した短い動画を部屋いっぱいに三次元投影した。苦労してフロラを調整したものの映像にはグリッチが入り、先生は小さく舌打ちする。

シジュウカラ、メジロ、ジョウビタキ、モズ、ハクセキレイ、アカハラ、シラコバト——。

都内の様々な場所で収められた野鳥の姿と声に包まれていると、わたしは不思議な多幸感に満たされた。生まれつき良い声と可愛らしい羽毛に恵まれた、羨ましい小鳥たち。相変わらずくすくすやっている同級生の声も、今は遠く聞こえた。

「さて、この鳥は？」

先生の語尾に質問の意図を感じて反射的に顔を上げると、目が合ってしまった。

わたしは即座に後悔した。先生は手元の映像紙に一瞬目を落とし、わたしの名を呼んだ。

「上村アンナさん、分かるかな」

動画が止まり、くすくす笑いも止まり、教室は一瞬で静まり返る。脇の下から汗が溢れ出すのを感じた。

目の前の空間に停止しているのは流線型の鳥だった。周囲の枝葉の大きさから察するに、体長は二十センチメートルほど。色は全体に地味だが、胸から腹の両脇にかけて鱗状の青い柄があり、民芸品のように素朴で美しい。目元は黒い。

唾を飲み込もうとしたが、乾いた口内に砂を食べたようなざらざらとした感触を覚えただけだった。

「これは——ムクドリですか？」

観念して答えると、わたしの一声で教室は凍結した。甲高く掠れたわたしの声によって、全員がしんと黙ったのだ。ウムから首筋を伝って、脳裏にきいん、という嫌な感覚が走る。フロラがこの空間の緊張を感じ取っている。一瞬で顔が火照り、反対に手は冷たくなるのを感じた。

「残念。これはツグミだよ」

先生が映像を再生すると、教室に風の音が戻る。同級生たちの無内容の小さな笑いが息を吹き返し、風音に紛れてわたしの耳にも届いた。

「たしかにムクドリに少し似ているが、名前の通りあまり鳴かない無口な鳥だ。ムクドリの特徴は黄色いくちばしと足、それに鳴き声。君たちも馴染みがあるだろう。今朝もひどくやってくれたからな」

映像が切り替わり、ムクドリが映る。比べて見ればツグミとは全く違う。くちばしと足以外は全身が濃い灰色で、腹に模様もない。ツグミよりもさらに地味で、粗野な印象の鳥だ。

しかし、ここ数ヶ月、毎日のように大群をなして東京の空を飛び、街路や建物やフロラを汚し、騒音で人々の生活をかき乱す鳥にしては、わりあい美しいとわたしは思った。

「糞で汚れればフロラの性能は落ちる。都は糞害対策で補正予算案を出したが、全く足りない。もう立派な社会問題だよ。こんなことで野鳥が注目されてほしくないんだが」

先生は窓越しに糞で汚れた外の様子を見ながら続ける。

「本来、ムクドリが大群で飛び回るのは、ヒナが巣立った後の夏から冬にかけて。繁殖期からこうして群れで暴れまわるのは明らかに異常だ。原因は何だと思う?」

先生がわたしの方を見る。先ほどの誤答から挽回するチャンスだとでもいうのだろうか。

少し迷った後、わたしは答えた。声はさらに上ずっていた。

「地方の急なフロラ整備で、すみかから追い出されたムクドリたちが、東京に集まっている――と読みました。記事で」

教室はまた静まり返った。

勉強しているな、と先生は言った。

「東京は今、鳥たちで過密状態にある。雑食のムクドリにとっては餌やすみかに恵まれた環境だが、同種や他種との縄張り争いもあって、危険は少なくない。ムクドリが群れを作るのは、身を守りながら餌や、安全なねぐらを探すためだ」

倉科先生は授業の後半で、わたしたちにフィールドワークの班分けを指示した。

三人グループを組み、東京都内でそれぞれ特定の鳥を観察してレポートをまとめる。単純な色形や習性だけでなく、環境や時間帯に応じた複雑な行動特性まで分析・記述する本格的な課題だ。教室が色めき立つ中、わたしはすぐに先生のもとに向かった。

「ムクドリを観察したいんですが」

「なぜ?」

「今起こっていることに、とても興味があって」

ひとりで活動したいのだ、とそのまま言っても聞き入れられそうにない。ならば、先生が示した選択肢にはない鳥を選べばいい。社会問題を口実にすれば、熱心な学生を装える。

先生は面倒そうな顔をした。ムクドリなどどこでも観察できるが、異常な振る舞いをしている鳥のレポートはひとりでは難しいということだろう。それでもわたしは粘った。

そのうち、先生の表情はふと明るくなった。

「ひとりでのフィールドワークは、やはりだめだ。だが指導役を買って出てくれそうな学生はいる。彼女と話がついたら、認めよう」

先生がちぎって渡す映像紙片には、連絡先が書かれていた。

*

曇った土曜日の午後、待ち合わせ場所であるキャンパスの隅の研究棟前に、彼女は男と手をつないで現れた。

緊張のあまり頭の中で組み立てていた急病や急用、急な精神的ショックなどの帰宅の口実は、彼女を目にしたとき、まっさらに吹き飛んでしまった。

彼女の背丈はわたしとそう変わらないが、作りはまるで別の動物だった。明るい茶髪の前髪の下で、丸く大きな瞳が光っている。それを幾重かに装飾する、柔らかい二重まぶたとまつ毛と眉。桃色に濡れた唇の印象は幼い。しかし爽やかな薄緑色のパーカの下からにょっきりと生え、桜色のスニーカーに吸い込まれる細い裸の足は、それと不釣り合いな成熟を感じさせた。

わたしを見つけると、朝の花が咲くようにして彼女の笑顔が開いた。近づくと柑橘の甘酸っぱい香りがする。心臓が良くない鳴り方をするのをわたしは感じた。

「あなたがアンナちゃんね。わたし、山野今日子です。キョーコって呼んでね。植物情報学科の四年生」

彼女、キョーコさんは早口でそれだけ言うと、わたしの目線を追った。

「ああ、この人は東山京太郎。わたしの恋人ね」

彼女は柔らかい頬と柔らかい声で、少し照れた様子を見せる。

京太郎は小さく頷いた。それが会釈のつもりなのだ。髪型にも服装にもあまり頓着しない質《たち》なのは一目瞭然で、長めの前髪の下の青白い顔には、中途半端に剃り残された髭が散っている。しかし一八〇センチメートル以上の長身痩軀《そうく》と切れ長の目に救われ、黒の上下から突き出た首や手首や足首にも、川に遊ぶアオサギのような、妙な品があった。

さて、行きましょう、とキョーコさんが言って、ムクドリの糞で汚れた植物情報学科の研究棟に入っていく。わたしはとっさに声を出せず、せめて口の中ではい、と返事をして、ふたりに従うしかなかった。

「だからね、うちのボスもいい加減、折口先生と仲直りするべきなのよ」

フロラを導入した明るい廊下を歩きながら、キョーコさんは言った。わたしがふたりに遅れているのに気づくと、くるりと振り返って補足する。

「あ、折口先生っていうのは京太郎の指導教授ね。フロラ研究の若きスーパースター。前は国の研究所とか、地方の大学にいたらしいんだけど、うちに来てあっという間に名物教授になっちゃった。わたしのボスの森田教授はそれに嫉妬しているのよ。大人げない」

「まあ、森田先生の気持ちも分かるよ」

京太郎が初めてまともなセンテンスを口にした。意外にも澄んだ高い声だった。

「折口先生はフロラの概念を異端植物から動物やバクテリアにまで広げてるから、古典的なフロラ研究者の肩身はどんどん狭くなってるし」

「なにそれ、わたしへの嫌味？」

キョーコさんは肩で京太郎を小突く。廊下の突き当りにある広い部屋に入るまで、そんなじゃれ合いが続いた。

彼女がドアを開けると、机を仕切るパーティションの向こうから、ふたりの男とひとりの女が顔を覗かせた。ここの学生らしい。彼らはキョーコさんをみとめると明るく「おはよう」と声をかけたが、その後ろから京太郎とわたしが入ってくるのを見て、露骨に残念そうな表情を浮かべた。キョーコさんはそんな様子を気にかけることもなく、きらきらと挨拶を返しながら部屋を横切り、反対側のドアにわたしたちを導いた。

ドアを抜けると眩しさで一瞬、視界を失った。

目に痛いほどの緑色の光で満ちたそこは、建物の中庭にガラスの天蓋を張った温室だ。地面から壁面までをびっしりと覆う多種多様の草木の葉が、頭上から吹き込む風に揺れている。湿度は高いが暑苦しくはない。明らかに、繊細に手入れされた高度計算用フロラだった。

温室の中央にはなぜか、ロココ調の白いテーブルと椅子が置かれている。キョーコさんはいつの間にかティーポットとカップを載せた銀のトレイを捧げ持ち、わたしたちを席に導くと慣れた手つきで紅茶を注いだ。クッキーの用意もある。研究室との間のドアを閉めると、心地よい緑の穴ぐらにすっぽりとはまり込んだ気分になった。

「ここで飲んで大丈夫なの」

京太郎がキョーコさんに尋ねる。

「いいのいいの。ボスには許可をもらってるから」

彼女のボスという人はしかし、仮に他の人間が同じことを頼んでも絶対に許可しないのではないか。テーブルに菓子を並べるキョーコさんの柔らかそうな横顔を見ながら、わたしはそう思った。京太郎は黙って、過不足なく彼女の作業を手伝っていた。

「京太郎に改めて紹介します」

キョーコさんはクッキーを少しかじって優雅に紅茶を飲んだ後、言った。

「こちら、都市鳥類学を勉強中の三年生、上村アンナちゃん。レポートのためにムクドリを観察するついでに、わたしの卒業研究を手伝ってくれるの」

「よろしくお願いします」

恐る恐る言うと、比較的ましな声が出た。彼女は屈託のない笑顔をこちらに向けた。

「アンナちゃん、いい声ね」

少しでも喉を濡らそうとカップを持ち上げていたわたしは面食らって、澄んだ赤い液体をテーブルに数滴こぼした。それを気にすることなく彼女は続ける。

「ちょっと前に倉科先生に頼んでいたの。ムクドリに興味がある人がいたら紹介してほしいって」

「俺だけならまだしも、他学科の人にまで頼み事して」

京太郎が低めの声で言って紅茶を飲む。

「いいでしょ。アンナちゃんは課題ができて、わたしの卒研も進む。京太郎はわたしたちの素晴らしい研究の手伝いができる。ウィン、ウィン、ウィンだよ」

京太郎は小さくため息をついたが、反論する気はないようだった。温室の外で、名を知らない鳥たちが間の抜けた鳴き声を連ねた。

短いお茶会が終わると、彼女は大判の映像紙をテーブルに広げた。細い指でその上をなぞっていくつかのコンソールを呼び出し、温室のフロラの状態を確認する。

「アンナちゃん、早速だけど、わたしの研究テーマを見てほしいの。これは普通のランドスケープじゃない。だからわたしのウムを経由してもらうね」

そう言って彼女は、首につけた銀のチョーカーのようなウムを操作する。わたしと同じ、角状のアンテナのない新型だ。言われるがまま首に手を当てると、キョーコさんのウムから接続キーが送られてきた。

準備ができたことを告げると、キョーコさんは唐突にわたしの手を握った。彼女の手は小さく、ひんやりとしている。対するわたしの手からは、一瞬で手汗が吹き出した。

「行くよ」

返事をする間もなく、無数の羽ばたきが聞こえた。

風車が回り、頭蓋の中から漏れ出すように群青が、目の裏にぶわりと溢れる。

落ちていく感覚が次の瞬間に浮揚感に変わり、そんな切り替えが数十回続いた後、わたしは幾千の流れる陰影に混じって飛んでいた。

キョーコさんの内なる目を通して見る情報の世界は、美しかった。

魚影か、泡か、砂嵐か。

むず痒い香りを感じる。

唾液が溢れてくるのであわてて口を閉じる。

流れは渦を巻き、光り、羽ばたく。

ダンス、音楽、織物、ダンス、編み物、音楽、ダンス。

日が沈んで月が上る。

続いて警笛。ピッコロの曲芸的ソロ。

また、音楽、編み物、ダンス、音楽、織物、そして籠《かご》編み歌。

輝き、羽ばたき。

——これは、都市？

そう思うと同時に、執拗に編み上げられた巨大な蜘蛛の巣が見える。ガラス製の蜘蛛の巣だ。その内部では光が目まぐるしく行き交っているが、全体は極地の氷のように、冷たく永遠を保っている。

しかし、完全に不動というわけではない。糸の一本一本は振動し、よく見るとあちこちで切断され、また別の場所で再接続する。少し目を離したら、次の瞬間にはばらばらに砕け散っているかもしれないと思わせる危うさがある。

まるで、紙が風で裏返りかけているのを、じっと眺めているような感覚だ。

わたしの鼓動は早くなるが、いつまでもその決定的な瞬間は訪れない。見えない裏面に、走り書きされた秘密の文字。それを見てみたい気持ちに駆られる。

ランドスケープに惹かれて、わたしはずっと潜行していく——。


「アンナちゃん」

耳元で声が聞こえて、わたしは急速に浮上した。

眩しくて何も見えない。何度かまばたきすると、やっと瞳孔が機能を取り戻し、緑に満ちた温室とテーブルの上の映像紙が見えるようになる。遅れて、軽いめまいと弱い吐き気が襲ってきた。

「大丈夫？　ごめんなさい、急に深く潜りすぎたわ」

そういってキョーコさんが背中をさすってくれる。目の前に、節ばった手で水の入ったコップが差し出される。京太郎の手だ。

わたしは水を飲み、気分が落ち着くと赤面する。大学三年生にもなって、簡単にランドスケープ酔いしてしまうなんて。どこかの植え込みの陰にでも隠れたかった。

キョーコさんはわたしの息が整うのを待ってくれた。

「今のランドスケープ、どう思った？」

「ええと、エルンスト極相とイマムラ相の複合体で——」

その後が上手く続けられない。大学入学に合わせて買った新型ウムはランドスケープの描出と分析を同時に行えるが、深いレンダリングは久々で、勝手が掴めなかった。

「分析を聞いてるんじゃなくて、素朴な感想でいいの」

キョーコさんは優しい声で促す。

わたしは脳裏に残っている感覚を改めて味わった。

「とても、綺麗でした」

彼女はふふふ、と笑った。

「もうちょっと具体的にお願い」

わたしはまた赤面した。

「街を――東京の全体をレンダリングしているような感じでした」

「どうしてそう思った？」

「ええと、パタンの様態が、似ていました。前に六本木の展望台からランドスケープを見たときと」

わたしの答えを聞いて、キョーコさんは愉快そうに口角を上げた。彼女は映像紙をなぞり、データセットを表示する。

「今見せたのはね、先々週の五日間、二十三区内の二千箇所のフロラを通じて簡易計測された、ムクドリの群れの飛行データなの。鳥たちが空に描く模様――彼らの生み出すパタンを集約したものよ」

「つまり、フロラではなく、ムクドリのランドスケープ」

「そういう言い方もできる。データの密度はまだまだ足りないけどね。そして、さっきアンナちゃんが言ってくれたように、これはよく似ているの。この街のフロラ特有のパタンに」

どう反応すべきか分からず顔を上げると、頬を少し紅潮させたキョーコさんがこちらをじっと見ていた。

「わたしの卒業研究の仮説はこう。東京のフロラが、ムクドリを計算資源として使っているんじゃないか、ということ」

そして彼女はわたしの手元にあったコップを取り、残りの水をぐいと飲み干した。

「アンナちゃん、どう、興味が湧いた？」

彼女はわたしの目を覗き込む。顔が近い。色の薄い髪が午後の日に透けて美しく、わたしは抗いがたい引力で彼女に吸い寄せられた。

2

四人乗りモーターボートがぐらりと揺れ、左右から水しぶきが上がるたび、助手席のキョーコさんは歓声を上げた。追い越し、追い越される別の船には陽気に手を振り、橋の下を通るときは、おおー、などと声を反響させる。そんな彼女を、わたしは船の後部座席でじっと見つめていた。船酔い防止機能をウムで実行しているものの、あまり派手に動くと悲惨な目に合いそうな予感があった。

「京太郎、今どのあたり?」

風を切る音に負けないよう声を張り上げ、キョーコさんが隣の半自動運転席に座る恋人に聞いた。

「目の前に見えるのが新大橋だから、まだ四分の一くらいかな」

彼は手元で地図を確認して答える。彼女は喜び、わたしはげんなりする。

日曜日の午後。昨日はムクドリのランドスケープの中で酔ったかと思えば、今度は隅田川を下るモーターボートの上で酔っている。昼に浅草・吾妻橋近くのレンタルボート店で待ち合わせてから、まだ三十分も経っていなかった。

隅田川の両岸には、遊歩道や堤防と一体化した長い帯状のフロラ構造体が続いている。グリーンベルト本体の一部を成す江戸川や荒川のフロラに比べれば小規模だが、それでも都市の太い血管であるのは間違いない。

ウムが自動的に両岸のフロラをレンダリングする。脈動するような巨大なうねりが感じられ、都市に包まれているようで気持ちが安らぐ。大きな生き物の体内に入り込んだ寄生虫は、こんな気分だろうか。

揺れ動く外界に対して、ウム越しに触れるフロラの中は安定している。そこに浸ることで船酔いも抑えられる。ムクドリの糞害は、この辺りでは比較的ましなのだろう。この安心感、秩序の感覚を、わたしは大学進学で東京に来てから、ずっと密かに感じ続けてきた。キョーコさんに導かれて見たランドスケープの中にあった、緊張感に満ちた独特のパタンは、両岸からは感じられない。

隅田川のフロラは海までつながっている。月島や晴海、豊洲、有明、台場といった埋立地のフロラを経由し、最外縁で東京湾上のグリーンベルトに合流するのだ。新大橋の後、大小四、五本の橋を潜ると、たしかに水の匂いが変わってくる。風に塩気が交じるようになり、ユリカモメがわたしたちに並んで飛ぶ。心が弾み、思わず船の縁から身を乗り出しそうになる。すると船が弾み、顔に水しぶきがかかる。埋立地の間の運河は広い。

さらに二十分ほどかけて、わたしたちの船はモノレールの高架の下を抜けた。その先は本当に海だ。目標物がほとんどなくなり、波の連続がどこまでも続いて距離感が狂う。とはいえこの海は湾に過ぎない。本当に本当の海は、さらにずっと先にあるのだ。

今日は昨日と打って変わって、あっけらかんと晴れている。まだ暑くない、東京が最も快適な時期だ。しかしその青さの中で、六月の湿気や曇り空の子どもが育っているのかもしれない。

空と海、全方位に広がる深い青が恐ろしく、わたしは後部座席の真ん中で縮こまる。世界の果てに来たような孤独感に襲われる。この巨大な青に飲み込まれれば、二度と地上には戻れないだろう。

船はスピードを上げ、数分で、前方に巨大な緑の塊が見えてきた。

ちょうど海と空の境目に、海上の森が広がっている。

「あれが宝石島ね！」

「いや、正確にはその向こう」

キョーコさんの早とちりを京太郎が訂正する。ふたりはいつもこんな調子なのだろうか。ふたりでいれば、こんな光景も恐ろしくはないのだろうか。

二〇七八年に完成したグリーンベルトの最後のピースで、一塊のフロラとしては二十三区最大の面積を誇る、旧中央防波堤外側埋立地。人工林が育つまで、一部は公園として開放されていたが、八〇年代中ごろに閉鎖された。火災か何かの事故があったのだと聞いたことがある。グリーンベルトで小さな不具合が相次いだ時期があったらしい。その頃、わたしはまだ幼く、地方に住んでいた。自分の声に違和感を持つことはなく、誰にでも気安く話しかけ、友達も多かった。

地図上で見ると歪なネックレスの形をしたグリーンベルトの中で、旧中央防波堤外側埋立地は巨大な宝石のように見える。そのためか、「宝石島」や「エメラルド島」など、ふざけ半分の名前で呼ばれている。都はグリーンベルトの真下を通る環状九号線の換気塔にちなんで「風の島」の愛称を広めようとしているが、その名で呼んでいる人にわたしはまだ会ったことがなかった。

公園がほとんどを占める手前の島――内側埋立地をぐるりと回り込むと、緑が膨れ上がるような宝石島が姿を現す。古墳状の大地を常緑のフロラが鬱蒼と覆い、その中から白い換気塔が巨大な頭を突き出している。その他には目立った建物もない、ぺったりと扁平な島だ。島の周囲二百メートルはオレンジ色のブイの鎖で囲まれていて、それ以上は近づけない。

わたしは映像紙を縦に丸めて右目に当てた。光学処理によって島は三十倍に拡大される。

よく見ると、換気塔の表面は白と灰の繊細な斑模様に包まれている。全体がムクドリの糞に覆われているのだ。その上空を、煙のように黒い群れが舞っていた。

「どう、ムクドリは見える？」

キョーコさんが耳元で尋ねてくるので、思わずぞくりと身震いしてしまう。

「と、飛んでいるのは見えます」

「変わった様子は？」

「いや、なんとも――」

「わたしにも見せて」

彼女はわたしから映像紙を受け取り、片目をつぶり、眉間に皺を寄せて覗き込んだ。そのまま数十秒間、唸りながら眺めていたが、諦めたように映像紙をわたしに返した。

「よく分からないね。ここがムクドリの最大のねぐらだって聞いたから、きっと何かヒントがあると思ったんだけどな。とりあえず録画しておこう」

残念そうな口ぶりだが、実際はそこまで落胆しているわけではないだろう。

ムクドリの群れの飛行パタンを分析するためには、巨大なねぐらを観察すればいい。そんな思惑で早速宝石島を見に来たものの、特に深い考えあってのことではないのだ。まだ卒業研究の進捗に焦るような時期ではないし、ちょっとしたクルーズで休日の午後を楽しめた。不可思議な声や音楽が聞こえるなどといった怪談も絶えない宝石島を一度は実際に見てみたかったのは、わたしも同じだ。

わたしは再び映像紙を覗いてみる。換気塔の上空のムクドリたちは、不思議な浮遊感を伴って、離散と集合を繰り返しながら、無音の音楽を空に描いている。何らかの形が現れたかと思えば崩れ、一瞬たりとも留まらない。しかし、そうした動きの残像を目の奥に焼き付けて重ねていくと、たしかに繊細な模様がそこにある。時間方向の平面の上に。

船の揺れを感じながらじっと眺めていると、群れから一羽の鳥が迷い出し、こちらに向かって飛んでくるのが見えた。

その羽ばたきは懸命だが、ぎこちない。

進路は定まらず、次第に高度は下がる。飛行は、次第に落下への抵抗に変わる。

そして二、三分にわたる空気との格闘の末、はぐれ鳥は海面上に落ちた。

わたしは倍率をさらに上げる。船と手の揺れで視野が上下し、酔ってしまいそうだ。十秒ほどして手ブレ補正が効いてくると、ようやく海面がはっきりと見えた。

ブイの手前に鳥は浮いていた。海の藻屑という形容がふさわしい。茶色くて地味な体が、波間に頼りなく小さく、寂しく上下していた。

わたしは身震いをした。

たった三人で、小さな船で、海上にゆらゆらと浮いているのが急に不安になったのだ。

空と海の間の青い階調の中で、あらゆるものが遠く、心細い。

あのはぐれ鳥も同じ気持ちだろうと思った。

「あの、東山さん」

呼ぶと、京太郎は無言で振り向いた。

「ブイの、あの辺りに近づいてもらえませんか。ゆっくり」

「いいよ」

彼は特に訝しむこともなく、手慣れた様子で船を動かしてくれた。

モーターの低い駆動音が鳴り、オレンジ色が近づく。その手前に、小さな茶色い鳥が浮いている。まだ若い個体なのだろうか、やや小ぶりで、体長は十五センチほどしかない。ぷかぷかと寂しく浮かぶ姿は、今にも海水に溶けていきそうだ。黒い頭は暗い水の色とほとんど区別がつかない。白い腹も顔も汚れ、羽根と似た灰色になっている。くちばしだけが健康的に黄色い。閉じられたその目は、波の上で平和に夢を見ているようにも見えた。

わたしは船から身を乗り出して、手を水面につけた。穏やかに見えた波の力は想像よりずっと強く、引き込まれそうになる。

目いっぱいに手を伸ばしてムクドリに触れると、柔らかかった。まだ生きているだろうか。冷たい手の中に、気のせいか、温かい感触がじわりと燃え広がる。

わたしは鳥を両手ですくい取る。

そのままバランスを崩す。

肘が水に浸かり、思わず目を閉じる。

しかしわたしは落ちなかった。カットソーの首元を後ろから摑まれ、強い力で船に引き戻されたからだ。

「びっくりした。飛び込むのかと思った」

そう言ったのは京太郎だ。わたしの首元を摑んだまま、船上に転がったわたしを見下ろしていた。キョーコさんが驚いた目でこちらを見ている。わたしは首の前面に服が食い込んだ衝撃で、上手く返事ができなかった。

わたしの手の中の濡れた鳥は、もう死んでいた。

その小さな体は傷だらけだった。

品川で船を返却し、三人で夕食を取った。誰かとメニューを眺め、酒を飲むのは久々のことだった。わたしはほとんどキョーコさんと京太郎の掛け合いを見ているだけだったが、幸福だった。口を開く前に喉を水で濡らす必要も、不思議とあまり感じなかった。

わたしが何を言っても、キョーコさんはほんのりと笑みを浮かべて聞き、端的に返事をしてくれた。それに促されて次の言葉が自然と浮かんできた。まるで、巣から地に落ちた弱いヒナを両手で包み取って、元気づけて空に飛ばしてくれるようだと思った。

駅でふたりと別れ、山手線の窓から街を見ていると、暮れかけた遠くの上空にムクドリの群れが見えた。影が形を変えて群青の中を動き回り、踊りながら遠くへ消えていく。

鳥や魚、昆虫や細菌に至るまで、同じ規則で振る舞う個体が群れを形成するとき、そこには必ず自律的な安定状態が生じる。木々から一斉に飛び立ったムクドリたちは、最初のうちは小集団に別れ、無秩序に飛び回る。しかし仲間をきいきいと呼び集め、群れの密度が一定以上に高まると、突如として秩序が現れる。リズムが生まれ、模様が生まれ、東京の空を別物に変える。

その最中で、鳥たちは何を考えているのだろう。

キョーコさんのために調べたにわか知識を思い返す。ムクドリの臨界フリッカー融合頻度は、ヒトのそれを遥かに上回る。○・○一秒に一度の周期で点滅を繰り返す光を、彼らはたしかに点滅する光として見ることができるようだ。それほど速い視覚を持っていれば、群れの中の他の個体の羽ばたきを、その一回一回まではっきりと見分けられるのかもしれない。

しかし問題は反応速度だ。ヒトの場合、刺激を受け取ってから意識的な行動を起こすまでに少なくとも○・一秒の時間がかかる。○・一秒あれば、空中のムクドリは一〜二メートルは進む。密度の高い群れでは、別の個体に激突してしまうだろう。動きが見えていても、それに合わせて自分の進路を変えることができない。

実際にはそうならないということは、ムクドリは体が小さい分、人間よりも速い意識を持っているのだろうか。

あるいは、彼らはみな反射的に、不随意に、無意識の中で飛んでいるのかもしれない。群れの意思の中に閉じ込められて、誰の判断でもない判断に従って、風の中で微睡《まどろ》んでいるかのように。

わたしもいつかは、この都市の、この世の中の安定状態に溶け込んで、心地よく踊れる日が来るだろうか。キョーコさんのように優しく笑ってくれる人がこの街にいれば、それもいつかは叶うかもしれない。

そんな考えをぼんやりと巡らせながら、わたしは眠気でひたひたと満ちていった。遠い海や、暮れかけた空の無限の青の階調。そうしたものの中に沈んでいった。

バックパックの中では、映像紙に包んだムクドリの死骸が、他の荷物を寂しく濡らしていた。

＊

翌日も快晴だった。わたしは大学の授業を無視して、自転車で近所の公園に出かけた。広場は一面、白い糞まみれだ。ひと目につかない木立を選んで荷物を下ろし、金属の平たいケースを取り出した。

三十分前まで冷凍庫の中にあったケースは、まだしっかりと冷たい。そっと開けると、中には鳥が一羽、眠っていた。宝石島の近くで紺の海からすくい上げた、傷ついたムクドリの死骸だ。よく乾いて、眠るように凍っている。あれほど複雑な模様を空に描き出し、わたしたちを慌てふためかせる巨大な群れも、ばらばらになれば一羽一羽は、両手に収まってしまうほど小さな、肉と骨と羽毛でできた機械にすぎない。今にも鳴き出しそうなのに、もう二度と鳴かない。きいきい、ぎゃあぎゃあ、平穏を破る警告音のようなその声。人に嫌われるその声を思い出す。

死骸の羽毛はところどころ禿げ、赤い肉が露出していた。風切羽もぼろぼろに千切れている。他の鳥につついばまれ、傷つけられたように見えた。

じっと見ていると、灰色の羽毛の表面に細かな水滴が生じてくる。わたしはバックパックから金属の定規を取り出し、カシの木の根本に急いで穴を掘った。広く浅い穴だ。鳥をケースから取り出し、その中央に静かに横たえた。

葬送にあたって、鳥にかけるべき言葉もない。鳥はただ地に落ち、わたしはただそれをすくい上げた。わたしたちの間に繋がりがあるとすれば、それは似ているということだけだ。何が理由か、群れの中で幸福に微睡んでいることができず、今、こうして一羽とひとりでいる。

しかし本当にずっと一羽では、ひとりでは、生きていけない。土曜日、明るい温室で飲んだ紅茶の味。日曜日、船の上で感じた潮風の味。そして夜に分け合った食事の味。そうしたものがなければ。誰かに温かい両手ですくい取ってもらえなければ。

どうすればいいか分からず、わたしは無言で手を合わせた。孤独な鳥を死の淵からすくい上げることができなかった両手を。

土をかけている途中、解凍されて柔らかくなった小さなまぶたが薄く開き、真っ黒な眼球がこちらを覗いていた。

ムクドリの目には、人間には見えない色が見えるという。ヒトの目は赤型、緑型、青型の三種類の錐体《すいたい》細胞を組み合わせて光の波長を捉えているが、ムクドリはそれに加えてもう一つ、近紫外線を捉える錐体細胞を持つ。

彼らの四色型色覚がヒトよりも高い識別能力を発揮する波長は、第一にはもちろん、三五〇ナノメートル前後の近紫外線。そして第二に、四七〇ナノメートル前後の青い光だ。

ふと、東京湾の水の色と、帰りの電車から眺めた空の色を思い出す。この鳥は死の直前、あの風景をどんなふうに見たのだろう。

その目をふさぐようにして、わたしは最後の土をそっとかけた。

3

六月に入ると雨が多くなった。そしていくつかの事件が起こった。

まずは環境省が調査結果を発表した。優秀な分析官たちは、フロラの上にムクドリの影や糞が落ちることで生じる微細なノイズを追跡し、二十三区を中心としたの群れの飛行経路を特定したのだ。その結果、ムクドリたちは宝石島を含む大小五百のねぐらを持っていることが分かった。

この報告書はわたしたちにとって追い風になった。もう、東京のほうぼうに出かけてムクドリの森を探す必要がなくなったということだ。

わたしたちは報告書に挙げられたねぐらのリストから近隣で主だったものを十箇所ほど選び、その周辺でムクドリたちが描くパタンを記録する戦略に切り替えた。意外にも、それに最も貢献したのは京太郎だ。レンダリングが得意な彼はスクーターで都内を走り回り、わたしの数倍の量のランドスケープをウムにぱんぱんに詰めて帰ってきた。

キョーコさんは集めたデータの分析を続け、わたしはその一部を使って倉科先生のレポートをほぼ完成させた。たしかに、この調査をひとりでやり切るのは骨が折れただろう。わたしは先生とふたりの先輩に感謝した。

その間にも、ますます多くのムクドリが東京の空を舞うようになり、彼らに対する人々の印象はますます地に落ちた。

六月下旬までに、個体数は二十三区内だけで推計百二十万羽に増えた。周辺の大規模フロラから飛来する群れも含めれば、その二倍はくだらないだろう。大量の糞で真っ白に染まった建物やフロラの様子が無数の映像紙に流れ、傘を持たずに外出する人はほとんどいなくなった。糞がついても洗い落とせる靴や服が品薄になり、清掃ドローンメーカーの海外工場はフル稼働を続けている。環境省のデータを使い、ムクドリの群れの出現予報も始まった。

世界で最も緻密なフロラ都市を見物に来る観光客は激減した。なにしろ、そこら中が鳥の糞だらけなのだ。美しく詩的に揺れていた草木の都が、数ヶ月で薄汚れた斑模様の世界に変わってしまった。報告書で特定されたねぐらの近くでは地価が下落し、地権者の団体が環境省に対して抗議運動を起こした。

いつの間にか、フロラを囲って守るためのネットや簡易温室ユニットが普及し始めていた。鳥のみを感電死させる擬木型の駆除装置まで街中のフロラに交じるようになり、その是非を巡って世論は二分された。

ムクドリは生態系を圧迫し、糞で汚し、緻密に調整されたフロラを滅茶苦茶にする。剪定すればムクドリを追い出せるが、その分計算資源も減少してしまう。自然との共生を誇らしげに謳ってきた人々が、今やジレンマに苦しみ、たかが野鳥の一種に激しい怒りを燃やすようになった。

しかしそもそも、東京のムクドリが増えたのは人間のせいだ。

首都圏と地方都市のほとんどをフロラで覆い尽くしたこの国の人々は、十年ほど前から都市外の森林のフロラ化を加速し始めた。熱帯雨林を持つ南米や東南アジア、アフリカで大規模フロラの整備が進み、フロラ国家としての国際的な地位が下がってきたためだ。フロラ整備のための工事は森林面積を減らすことはないが、注意深く進めなければ既存の生態系を壊す。ムクドリたちは拙速な開発によって生じた難民なのだ。

その観点から鳥たちの保護を訴える人もいれば、生活を脅かす鳥たちを心から憎む人もいて、双方の言い分は平行線を辿り続けた。しかし、駆除装置を「是」とする勢力が徐々に増えているのは、誰の目にも明らかだ。わたしたち三人は当然「否」の側だが、濡れた糞を靴で踏んだ際には、ムクドリへの呪詛が胸に湧き上がるのもたしかだった。

そうした無数のトラブルや論争の中でも、特に世の中の注目を浴びた出来事があった。

都条例に違反してムクドリに餌をやっていた二百人弱の人々が、相次いで逮捕されたのだ。

ムクドリたちのねぐらとなる地区には大きく二種類がある。第一には、大規模で生態系が複雑なフロラの周辺で、餌となる虫や果実に恵まれた場所。第二には、羽を休められる十分なフロラがあり、気前よく餌を提供する人間がいる場所だ。警察は後者と思しき地区に一斉捜査をかけた。

逮捕者のうち、半分以上は野鳥が増えるのを無邪気に喜ぶ動物愛好家たちだった。騒音や糞に悩まされる人々を見て楽しむ愉快犯もいたが、それは少数派だ。自宅のフロラに小さな鳥が止まっていたら、人はついパンくずやフルーツを窓辺に置いてしまう。自宅や近所のフロラの肥料として、下処理した生ごみを土に混ぜる人も多い。そうした日常の延長線上で、多数が逮捕された。

ムクドリたちはフロラに棲む昆虫などに加え、人が与える餌を貪欲にかき集め、旺盛に繁殖しているのだ。野生動物への餌やりに関する話題がメディアを賑わせ、人々のウムの間を言葉にならない共感や反感が行き交った。

そんな世間の騒ぎを尻目に、わたしたちにとって最も重要だったのは、環境省が発表した第二弾の報告書だった。その内容はメディアの関心を引きつけることはなかった。第一弾よりもかなり専門的で、どちらかといえば学問的な関心に応えるものだったからだ。

「森田先生に相談したけど、やっぱりダメそう」

雨の日、三人で渋谷の安い中華料理店に入り、席につくとすぐ、キョーコさんはそう言った。その瞬間、彼女の卒業研究の今後に向けた作戦会議は、ささやかな打ち上げに切り替わった。

「アンナちゃん、せっかく手伝ってくれたのにごめんなさい」

いつもより念入りに化粧をして、腰を絞った紺のワンピースを着た彼女は、完璧な眉を落としてわたしの方を見た。

「あんなに頑張ってくれたのに」

たしかにこの一ヶ月半で、わたしは東京の各地を随分と走り回った。卒業に向けて授業や研究に追われるキョーコさんに比べ、わたしは時間を持て余している。レポートに目処がついても、彼女の求めるデータを旺盛に集め続けてきた。その中で、東京湾で見たのと同じようなはぐれ鳥の発生も度々目にしていた。

「いえ、大したことはしてませんから」

わたしは彼女の瞳の深い色から目をそらし、苦手なビールを少しすすった。

「俺には労いの言葉はないの」

「京太郎はこれからもわたしの研究を手伝うんだからいいの」

キョーコさんは早くも、一杯目のビールを飲み干した。

第二弾の報告書は大部だった。環境省の分析官は、突き止めた五百のねぐらから飛び立つムクドリの動きをモデル化し、群れと群れがぶつかったときに生じる混乱と変化をシミュレートした。すると、仮想的なムクドリたちは仮想的な東京のあちこちの上空で、見覚えのある繊細な模様、変形、軌跡を描き出したのだ。わたしたちが記録してきたムクドリのパタンの大部分が、そのシミュレーション上でおおまかに再現されていた。

ムクドリのパタンが東京のフロラのパタンと似ているのは、どちらかが一方に影響を与えているからではなく、「ねぐら＝大規模フロラ」という地理的な共通点を持つからだ——というのが、著名な分析官の結論だった。キョーコさんを指導する森田教授も、それに大筋で同意した。キョーコさんの反論虚しく、フロラがムクドリを計算資源にしているという斬新な仮説は白紙撤回となった。

「そもそも、フロラがムクドリに影響を与える方法がないよね。仮説が大胆すぎたわ」

二杯目で早くも呂律《ろれつ》が怪しくなってきたキョーコさんは、店の名物の麻婆豆腐にさらに辛味を足した。京太郎がコップに水を注ぎ、彼女の近くにそっと置く。

「研究テーマはどうするんですか」

わたしが尋ねると、彼女は熱い豆腐を慌てて水で流し込み、小声で辛さに悲鳴を上げてから答える。

「考え直すしかないね。きっと何かあるでしょう」

言葉は端的で、全く迷いはないように聞こえた。

その瞬間、隣に座る彼女の香りや体温が、すうっと遠くに引いていったように感じた。みぞおちの辺りから悲しみが湧き上がった。

「でも、環境省の報告書では――」

震えた、泣き出しかけていると勘違いされそうな奇妙な声が出て、自分でも驚いた。いつにも増してひどい声だ。それでも、しぼみそうな喉を押し広げて続けた。

「わたしたちが調べたムクドリのパタンのうち、二割は再現できていませんでした」

彼女が目を丸くしてこちらを見るので、わたしは続ける。

「あのランドスケープを見せてもらったとき、これは何かあるって思いました。なんというか、確信できた気がするんです。すごいことが分かるかもしれないと」

キョーコさんはまた眉を落とした。美しい下降ラインだった。そして彼女は紹興酒を注文し、小さく息を吐いてから言った。

「アンナちゃんは純粋だね」

「え、いや」

「わたしもランドスケープの中ではそう思った。何かあるってね。だからあなたが手伝ってくれて嬉しかった。でも、卒研のテーマとしてはやっぱり難しいと思う。餌をやっていた人も逮捕されちゃったし、このままだと冬まで持たないよ」

彼女の言っている意味はわたしにもよく分かる。餌の減ったムクドリたちは減少を始め、晩秋から冬までに大半が死ぬ。彼らは単なる都市野鳥の一種類に戻り、人々はフロラと都市を取り戻す。それが大多数の都市鳥類学者の予想だった。

「もしよかったら、アンナちゃんはムクドリの調査を続けて。わたしたちはどこまで手伝えるか分からないけど、いつでも相談に乗るから。その興味をとことん追求してみてほしい」

わたしは答えに窮して、ビールで喉を濡らした。苦味が口と鼻に溢れて、涙が出そうになった。

別に、ムクドリに夢中だったわけではないのだ。レポートも途中からは口実だ。ただ、あなたと一緒に謎を追うことが楽しかった。

そう言い出そうとする自分の喉の振動を感じ、我に返る。どんなひどい声が出るか不安で、もう一度ビールを飲んだ。まだ足りない気がして、また飲んだ。そのうちに何も言えなくなりそうになって、かろうじてわたしは返答した。

「はい。夏休みにでも、やってみます」

店を出ると雨は止んでいて、まだ明るかった。十五時から飲んでいたのだから当然だ。

渋谷駅前でふたりと別れた後、わたしは自転車を押しながら歩道から空を見上げ、目を細めた。天上の薄曇りを一枚剝がせば、きっと夏の紺碧の空がそこにある。その明るさを想像しているうちに、じわりと視界が滲んできた。急に目的を見失って、何に思いを向ければいいのか分からなかった。

そのときふと、視界の隅に影を感じた。

渋谷駅の向こう、南東の方角に、空を飛ぶ黒い群れが見えた。曇り空がそこだけ濃くなったかのようだ。大気を箒で掃くような反復的な運動を帯びて、遠ざかっていくようだった。

しばらく迷った後、わたしは進路を変えた。

スクランブル交差点を横断する。足元の舗装材に充塡された電子インクが、矢印や縞模様を浮かべて人の流れを誘導する。その隙間に無数の広告が瞬く。

交差点や駅前広場を取り囲む建物はすべて、すっぽりとフロラに覆われている。交差点だけが、倒木によって森の中にできた日溜まりのように、空に向けて開いている。街の中心だけあってよく清掃されていて、糞害など別の都市の出来事のようだ。

渋谷駅を通り過ぎて明治通りにたどり着くと、わたしは自転車にまたがった。そしてタイミングを図って自転車専用レーンに入り、一気に加速した。

ウムを起動すると、明治通りのランドスケープが頭の中に渦巻いた。夏の酸味が舌の奥から湧き上がる。並木を揺らす風が耳の中を通り、その向こうのジャンクションや高層ビルのゆったりとした振動に三半規管が同期する。

今更、何の意味があるのだろう。キョーコさんはもうわたしを必要としていない。ムクドリなど、汚くてうるさいだけの害鳥だ。大学に通い、声を潜めてじっとしていれば、日々は勝手に進んでどこかにたどり着く。それでいいと思っていたし、その状態に戻っただけなのだ。

しかし、今はひとりの部屋には帰りたくない。帰ってしまったら、もう二度と出られないような気さえする。

明治通りを、渋谷から恵比寿へ。そして東に進路を取り、恵比寿から白金、三田へ。灰色の空を背景に踊る群れが、次第に近づいて大きくなる。三田の広い交差点にたどり着く頃には、群れは頭上を覆い尽くしていた。

周囲の人々は慌てて傘を広げ、軒下に駆け込んでいく。風が吹き、耳障りな鳴き声が雨のように降ってくる。糞のみぞれが、ぼたぼたとそれに続く。

そんな混乱の中で、わたしははぐれ鳥を見つけた。

ある個体が寂しく群れからまろび出て、南東へ、品川の方角へ飛んでいく。

傷ついて海を漂う一羽の鳥が、脳裏に浮かび上がる。

上空の鳥もまた、海に落ちるのだろうか。それともどこかに居場所を見つけるのか。

わたしはウムの感度を最大まで上げ、周囲のフロラを慎重に探る。

都市を覆う葉の一枚一枚が、わたしの目だ。

暮れかけた空から降り注ぐ光線をわずかに遮る、ひとつの羽ばたきがどこかにある。わたしの身体の隅々まで都市が流れ込んでくる。あるいは、都市の隅々までわたしが流れ込んでいく。都市は緑の樹冠によって水平につながり、広がっている。その鬱蒼とした水面を下から見上げ、ターゲットを探すのだ。

数十秒後、わたしはランドスケープの中に、はぐれ鳥の描く小さなノイズをつかまえた。

再び加速し、街路を駆け抜けながら、わたしはルートワークの向こうにある孤独な羽ばたきをモニターする。ひたひたと波打ち、ときには青い飛沫の指先を空に伸ばす。はぐれ鳥はときおり休む場所を求めて地上に降りるが、その場所の鳥たちに追い返され、またよろよろと空に上る。そのたびに街に小さな混乱が生じ、わたしの目には涙が滲む。はぐれ鳥をこの手で包み、癒やしてやりたいという勝手な衝動が、わたしを突き動かす。

自転車で走りながら都市のフロラを撫でるようにレンダリングしていると、その中に潜む私的なルートワークの存在を、ごつごつ、ざらざらとした首筋の震えとともに感じる。

この都市の計算資源の本質は一つの共有地《コモンズ》だ。ビルから伸びる枝の一本、葉の一枚までが地下のルートワークにつながり、無数の隘路《あいろ》や交差路を形成しながら、最終的に二十三区を囲むグリーンベルトに合流する。すべての土が、石が、コンクリートが誰かの私有財産だとしても、緑だけは実は、誰のものでもない。この都市を覆うフロラの連なりは、だから、海や空のようなものなのだ。

コモンズの中にわたしたちは住み、鳥たちがすだき、虫たちが飛び回る。小動物が土の上を走り、うずくまって眠る。そして土の下では、わたしたちの情報が、演算が、コミュニケーションが、分散的に駆け巡り爆発する。

しかし、都市に無数の細い根を張るようにして、私的なフロラが広がり始めている。

それは異端植物を使って作られた特殊なフロラだ。コモンズのルートワークから情報を受け取るばかりで、何の情報も返さない。その中に秘密や暗闇を隠している。道路沿いの根と茎と葉のすぐ向こう側にも、あらゆる部外者から隠された奇妙な秘密の庭の存在が感じられる。その輪郭を丁寧になぞると、まるで見知らぬ人の身体を布越しにさすっているかのような、暗く危ない好奇心が胸に湧き上がる。

看板を汚す奇妙な落書きやステッカー、置き忘れられた片手袋、道端で雨に濡れた映像紙の切れ端、細い川が暗渠《あんきょ》へと変わる場所に密生したスギゴケ、街灯の上のカラスの首の動き。ウムの中を通り抜けていく、街に放流されたつぶやきやざわめきの数々。

そんな無数の断片に満ちた都市の上空を今、はぐれ鳥が迷い飛んでいく。

住宅街とオフィスを抜けると、騒ぎは遠くなり、人々の秘められた生活の影も薄くなる。わたしとはぐれ鳥だけが世界に残される。いくつもの交差点を抜け、品川へ、橋を渡った先の埋立地へ、海へ。

そして品川埠頭のコンクリートの護岸の上に立ち、わたしは一羽のムクドリを見送った。鳥は海と空の境界を目指してよろよろと飛んでいく。その先には宝石島があるが、あの鳥はきっと、たどり着く前に海に落ちる。わたしはまた、はぐれ鳥を救えない。

わたしの目はやがて、はぐれ鳥を青の中に見失う。次第に光が消え、大気も水も、紺から黒へと色を変えていく。海は墓石の表面のようにつややかな闇になる。

振り返ると、品川の高層ビルが輪郭を曖昧にして光っていた。空と海の色に慣れたわたしの目には、都市の色は、青の単なるヴァリエーションの一つに過ぎないように見える。青の中に新緑も深緑も灰色も、白も黒も含まれているのだと思う。

自販機で買った水を飲み干す頃には、汗も、涙の気配も乾いていた。

そしてわたしはバックパックを開け、映像紙が手紙の形に折りたたまれているのを見つける。着信があったのだ。

封蠟《ふうろう》に記された送り主は、意外にも京太郎だった。

4

「ムクドリは案外、減っていない」

ユア・バードの発言が、伸びやかなテノールとともに映像紙上に浮かび上がる。

「フロラに棲む昆虫の量は、俺たちが思っているより多いらしい。この分なら九月末までは今くらいの群れの密度を維持できる」

「あと二ヶ月しかないじゃないか」とトリッパーが返信する。

「たかだか数十人で、それまでにムクドリとフロラの関係を解明できると思うか」

「十月以降は私たちが餌付けすればいいんじゃないか」とペーパーバック。

「馬鹿言うな。僕たちはいかれた野鳥愛好会じゃない」とサブマリン。

「じゃあ、何なんだ?」とストロベリー。

「嫌われ者のムクドリの飛行経路を追いかけ、データを集め、群れの縮小を懸念している僕らは、一体何だ」

その文字と声が映像紙の奥に消えていくと、紙上のチャットルームには数秒、沈黙が訪れる。

「それは君が来る前に議論したんだよ、ストロベリー。僕たちはもの好きな在野研究者の団体にすぎない。それ以上でもそれ以下でもないよ」

深い艶のある声とともに、ねじれた角のアイコンが現れる。アビーと名乗る、このチャットルームの主だ。参加者たちが人工音声の向こう、東京のどこかの根の向こう、それぞれのウムの向こうで、つばを飲み込むのが聞こえた気がした。

「在野研究者がわざわざ、こんな深度にチャットルームを作るかな」

ストロベリーが食い下がる。

たしかにここは、深い。目を閉じて映像紙の奥へ、奥へと意識の根を伸ばすと、錯綜し折り重なったルートワークの下層にまでその先端は伸びていく。ある地点まで行くと、ぷつりと途切れるような感覚とともに、暗闇に触れる。それ以上は追えない。

「研究のアイデアを誰にも盗まれないためさ。僕が選んだルートワークに不満があるなら、ここに参加するかどうかは、任意だ」

アビーの声はチェロの中音域に似ている。肉声のはずがない。

音声と併せて文字が紙上に浮かび、また沈んでいく。一瞬の空白の後、ストロベリーは無言で「すまない、続けてくれ」のサインを送る。

東京が最も快適で美しくなる七月の夜、わたしは部屋の窓を開け放して、アパートの外でばらばらと風に暴れるシュロの葉の音を聞きながら、映像紙を眺めていた。そして全身にしっとりと汗をかいている。少し緊張しているのだ。

――君がムクドリを追う理由が、キョーコがいなくてもまだ残っているなら。

三週間前、京太郎がそう言ってわたしに送ったのは一枚の招待状だった。現実の場所への誘いではない。どこかの私的なルートワークに設けられたチャットルームへのログイン情報だ。

アクティブな参加者は三十人ほど。素性は知れず、声すらも偽物。唯一明らかなことは、全員がムクドリの異常行動に関心を持っていること。そして、その背景にフロラがあると睨んでいることだけだ。それでもわたしはすべての発言に目を通し、この三週間、はぐれ鳥を追う中で気づいたことがあればすぐに書き込んでいた。

映像紙を眺めていると心が落ち着いた。この場所では、わたしの声はヒヨドリのように美しい。ここの人々は互いを詮索しない。わたしたちはただムクドリのデータを集め、アビーに送る。彼はそれを私的なルートワークの中に蓄積し、統合し、時折、驚くほど精細なランドスケープをわたしたちに見せてくれる。今日はそんな発表会の日なのだ。

「今回の研究成果は大物だ」

参加者が揃うと、アビーはそう言ってウムの設定情報をわたしたちに送った。それを受け入れると、狭い、溺れるような感覚のランドスケープが広がる。海を思い出す。広大のようでどこにも繋がっていない東京湾の波の上を。異端植物のフロラに特有の感覚だ。

「とても大きな前進だと思う。とはいえ、いつも通り自由に鑑賞してもらってかまわない。夜の散歩をしてもいいし、酒を飲んだっていい」

わたしはベッドに横になり、腹の上で手を組んで目を閉じた。

ランドスケープの感覚が手足の先まで浸透し、いつの間にかわたしは風景の中にいる。

繊細なパタンがおびただしく重なり合い、一つの巨大な音楽を描いている。

警笛、シグナル、メロディとダンス。

繰り返し。

メロディと警笛、シグナル、ダンス、シグナレス。

羽ばたき。砂金のきらめき――。

一瞬で、ムクドリの飛行データから作ったランドスケープだと分かる。数ヶ月前、明るい温室の中でキョーコさんが見せてくれたランドスケープとよく似ているのは、彼女の見方が今もわたしの脳裏に残っているからだろう。ただし、こちらの方が圧倒的に精細で、密度が高い。そしてより美しい。

群れのパタンはゆっくりと移ろい、緊張が高まり、壊れて裏返ってしまいそうなところまで上り詰める。しかし、ぎりぎりで踏みとどまる。紙は裏返らないまま風に捲《まく》られ続ける。

そんな息を呑む危ない均衡はいつまでも続かない。あるときに緊張の糸が緩み、パタンは再びゆったりとした揺らぎに回帰する。

そうした往復が延々と続く。

その様を感じながら、わたしはあることに気づく。キョーコさんの温室では気づけなかったことだ。

「このランドスケープには、相転移の予兆がある」

わたしが口を開こうとしたとき、別の声が言った。ユア・バード——京太郎だ。

その通り、とアビーが答え、簡単に補足を加える。

分子や生物の群れが、ある安定状態から別の安定状態に遷移する。つまり、ある相から別の相へと移り変わる。それが相転移現象だ。氷は水になり、水は水蒸気になる。水の粒は大気のうねりの中で、にわかに積乱雲を立ち上げる。無数の単位が連動して、全体の振る舞いを劇的に変える。

ムクドリもまた相転移を起こすと知られている。数千、数万の個体が連動し群れの全体が一気に進路を変えるとき、その同期的な運動は物質の相転移と同じ方法で数学的に記述できる。しかし、このランドスケープで起こりかけているのは、より巨大なスケールの現象らしい。いわばこの都市全体で展開する、「群れの群れ」の中で起こる相転移だ。

無数のねぐらから飛び立った群れが、互いに衝突し、融合しながら、空に膨大な種類のパタンを描く。そうした「群れの群れ」の中には次第にストレスが蓄積し、爆発寸前の状態まで高まる。爆発すれば、きっと大きな群れは完全に崩壊し、混乱が東京中の鳥たちに伝播するだろう。しかしその一歩手前で鳥たちは落ち着きを取り戻し、離散して、それぞれのねぐらに帰っていく。

「過熱と冷却が、ランドスケープの中で何度も繰り返されているんだ」

アビーはそう表現した。

そうした変化をわたしがすぐに理解できたのは、大学一年生の頃、レンダリングの授業でフロラの相転移を何度も見たからだ。ほとんどの場合、フロラの相転移は不具合や事故を引き起こす。だから、正確に描出できるようになるまで、何度も反復練習をさせられた。一度のレンダリングでその現象を理解する学生もいたが、わたしは才能がないので、百数十回目にようやく成功したのだった。

「ただし、今日の発見はそれだけじゃない」

アビーの声が囁《ささや》く。

「風景をもっとよく見てくれ。細部の細部まで。ペパーズ、君なら分かるはずだ」

唐突に名を呼ばれて、わたしはみじろぎする。ペパーズ。それがここでのわたしのハンドルネームだ。

ランドスケープに集中する。その音楽の、きらめく砂金の、一粒一粒にまで目を凝らす。すると、一つの小さな点が脳裏に浮かび上がってきた。それを捕まえ、運動の方向を追ってみる。しかしそれはすぐにかき消える。じっと待っていると、また現れる。そしてまたいなくなる。

この音楽には、見えない指揮者がいる。現れては消えるのは、そのタクトの先端だ。

「はぐれ鳥」

わたしの声は映像紙に吸い込まれ、暗号化されてルートワークの隘路を辿り、見知らぬ人々の耳元で美しい鳴き声として復号される。

「そうだ、ペパーズ。君の集めたデータが鍵になった」

アビーがそう言うのに合わせて、ランドスケープは収束し、薄れていく。

「この街のムクドリたちが作る、巨大な一つの群れ。その秩序を乱し、緊張を高めているのは、君が一ヶ月弱も追いかけ続けているはぐれ鳥たちだ。彼らの予想外の動きから混乱が広がり、いつもすんでのところで群れはもちこたえる。はぐれ鳥は群れに揉まれ、痛めつけられ、はじき出されて落ちる。そして次のはぐれ鳥が現れ、同じことを繰り返す」

「それが何だっていうんだ」

「君は鈍いな、トリッパー。ペパーズを見習ってくれ」

彼の声には、少し興奮が交じっているようだった。

「過密状態に置かれた百万の群れの全体を、ごく少数の個体の振る舞いがかき乱す。そして相転移の兆候を引き起こす。それが、この街のムクドリが描く特徴的なパタンの、直接の原因だ」

チャットルームは静まり返った。

「フロラは、関係ないんですか」

わたしが発言しても、アビーは答えない。自分の声がそのまま届いてしまったのかと思い、冷や汗をかいて映像紙を確認したが、問題はなかった。数秒後に静かな声が返ってきた。

「関係は、あると思う。ただ、まだ確証がない。それが今後の研究課題になりそうだ」

「どうしてそう思うんだ。根拠は」とストロベリーが追及する。

「第一にランドスケープから得た直感。第二に、過去十五年の研究から得た確信だよ」

チャットルームを退出すると、身体の芯が熱く、ひどく汗をかいていた。今回分かったことにどれだけの意味や価値があるのかは分からない。仮に価値があったとしても、別にわたしの手柄だというわけでもない。わたしはデータを提供しただけだ。ただ、闇雲に走り出した先には、たしかに何かがあった。かすかな手応えが。

映像紙を畳んで、再びベッドに横になると、汗で濡れた部屋着の冷たさを背に感じた。

わたしは冷凍庫にアイスクリームが残っていたのを思い出して起き上がろうとするが、足元から眠気が襲ってきて、その中に沈んでいく。一日中、自転車を漕ぎ続けたからだ。

＊

瞬く間に一ヶ月が過ぎて、東京は八月末の暑い盛りだ。

映像紙が振動して、わたしは浮上する。ランドスケープの深い淵から。

その中で夢を見ていた。鳥たちの軌跡。はぐれ鳥が引き起こす決定的な変化。その直前の甘く苦しい瞬間。何度も未然で終わるその感覚はもどかしいが、官能的で、魅了される。そこから出たくない。浮かび上がりたくない。それでも容赦なく引き剝がされる。

目を開けると部屋のベッドの上で、びっしょりと汗をかいていた。冷房は弱いままで、朝からずっとランドスケープに浸っていたのだ。

畳み込まれた映像紙の封蠟の上に、発信者の名前が浮かんでいる。

山野今日子。

キョーコさんからの久々の連絡は他愛のないものだった。何を食べたとか、どこへ行ったとか。

「アンナちゃんのムクドリの研究は、順調？」

手紙の追伸にはそう書かれていた。それに対して、少し不安というか、苛立ちを覚えた。そんな自分に気づいて、少し怖くなる。ふいに胸が苦しく脈打つ。汗が一筋、頬を伝って落ちる。

順調だと返したいが、どこまで話すべきだろう。迷っているうちに、映像紙に別の着信があった。

「途中で途切れてしまったね」

京太郎の声で映像紙は話しかけてくる。

「今日はもうやめておく?」

「いえ、もう少し」

わたしは再びウムを立ち上げ、その中に記録されたランドスケープに潜る。一ヶ月前の発表会で、アビーがわたしたちに見せたものだ。

あの日の翌朝、京太郎から連絡が来た。冒頭に記された宛先はペパーズ。末尾の署名はユア・バード。

あの夜、ユア・バードとペパーズは同じものを見た。ただし、別々の角度からだ。ふたりがそれぞれ記録したランドスケープを統合すれば、より深く広い視野が得られる。ウムを遠隔で同期してその中に潜り、一度目には理解できなかった驚くべき群れの振る舞いを分析するのが、わたしたちの日課になった。折しも、大学の長い夏休みの真っ只中だ。

ランドスケープの中に沈んでいくと、二度と戻れないような気がすることがある。そんなとき、京太郎の澄んだ声で映像紙越しに名前を呼ばれると、身体が軽くなり、青い深海から空へと浮き上がることができる。わたしが彼の名を呼ぶとき、そんな体験を彼もするのだろうか。

大方の見込みに反して、巨大な群れはまだ頻繁に東京の空を覆っていた。むしろ、ムクドリは増えているのではないかと考える人もいる。羽が舞い、糞や鳴き声が降り注いでも、人々はどこか慣れ始めてしまっている。多くの人は、以前より怒ったり慌てたりすることがなくなった。フロラに仕掛けられた駆除装置に殺されたムクドリや、スズメ、カラス、ヒヨドリ、メジロ、その他幾種類もの鳥たちが道端に落ちていても、見て見ぬ振りをするのが上手くなった。

ただし、八月十二日に大手町に襲来した群れは別だ。昼過ぎに空がかき曇り、二十万羽以上の巨大な群れが、高層ビルの上を一時間にわたって乱舞した。ムクドリたちの鳴き声にかき消され、屋外ではまともに会話もできないほどだったという。

空が揺れ動き、大きく割れては閉じ、粘ついた白い雨を降らせる。世界の終わりのようなその光景に誰もが圧倒された。大手町の人々はなすすべなく、屋内からフロラをレンダリングしたり、映像紙を空に向けたりしてその時間を過ごすしかなかった。そうして記録されたランドスケープや映像は海底ケーブルや人工衛星を通じて拡散し、東京で起こっている珍事を世界の隅々まで知らしめたのだ。海外のメディアはこの現象を自然による人間への逆襲とも、フロラ都市東京の没落の象徴とも書き立てた。

大群が降らせた糞の雨は、フロラに甚大な影響を与えた。葉の表面は白く汚れ、光合成が阻害され、圧倒的な量のノイズが発生して一帯のフロラに伝播した。一部の計算資源は機能しなくなり、数時間にわたって業務が止まったオフィスもあった。

翌日から、ムクドリの駆除を求める人々の運動がさらに盛り上がった。大規模フロラを持つ企業や大学の前に大勢で詰めかけ、駆除装置の設置やフロラの剪定を叫び続ける。その声に驚いた鳥たちが上空に舞い上がり、地上も空も騒然とした。

一方で、大乱舞の影響を詳しく調べる研究も次々と立ち上がった。キョーコさんもそんな流れに上手く乗った学生のひとりだ。

「ごめん、ちょっと出かける」

昼過ぎに京太郎がそう言って、その日のランドスケープ鑑賞は打ち切りになった。

「キョーコさんの研究の手伝いですか」

「そう。渋谷のビルにセンサを仕掛けに行かないと」

彼女の新しい研究は、以前と比べればごくシンプルだった。ムクドリの糞でフロラの葉が汚れると、パタン創発性能にどんな影響を、どのように引き起こすのか。それを調べる研究だ。卒業研究として無理がなく、時流にも乗っている。

「もしかしたら、フロラの意外な弱点が分かるかもしれない。そうなったら少なくとも——うちのボスは喜ぶわ」

八月中旬、久々に会った彼女は夏の陽光の下の騒がしいキャンパスで、そう言って笑っていた。困ったような苦笑いもやはり美しかった。

新しい研究のためのデータはレンダリングだけでは集まらない。葉の水分量や葉緑体の活動量、細胞の栄養状況などといったフロラの生理状態の計測がどうしても必要だ。キョーコさんはそのために、都内五十箇所のフロラで計測機器の設置許諾を取り付けてきた。

彼女が見せてくれた映像紙上のリストには、その笑顔と困り顔にほだされて承諾書にサインした人々の氏名と住所が並んでいた。個人仕様のフロラもあれば、企業が管理するフロラもある。渋谷、新宿、大手町、品川などが中心だが、ほぼ二十三区全域をカバーしていた。

京太郎が接続を切って出かけていこうとする。わたしは、それをとっさに呼び止めた。

「どうしたの」

映像紙の向こうで彼が尋ねる。わたし自身も、なぜ彼の外出を邪魔するのか分からなかった。それでも何か言わなくては不自然だ。咳払いをして続けた。

「どうやって、あのチャットルームを見つけたんですか」

「君と同じだよ。ムクドリの異常行動の理由を知りたかった。ちょうど君と初めて会った頃に見つけたんだ。異端植物 フロラ を使ったああいう場所は流行ってるから、コツを摑めば簡単だ」

彼の声は途切れ、ドアが開閉するような音がした。家を出たらしい。

「どうして、わたしを招待してくれたんですか」

返事はない。

「聞こえてますか」

「ごめん、聞こえてる」

通話のモードを変えたのか、彼の声はさらに近くに聞こえた。背景に、電動スクーターの起動音が小さく聞こえる。

「俺の先生がね、たまに友達の話をするんだ」

「折口教授ですか」

「そう。その友達とは十年以上前、国立研究所時代に初めて会ったんだって。そして何かの出来事をきっかけに、短い期間で仲良くなった。そういう関係は、先生にとって初めてのことだった」

「それが今の話と関係あるんですか」

まあ聞いて、と京太郎は言って続ける。

「でも、先生の友達には、先生よりも大切な友達がいたんだ。先生の友達はその人のことばかり案じていた。その人が遠くに行ってしまってからも、ずっとその人のことを考えていた。先生は友達を助けたいと思った。でも、仕事が忙しくて、または勇気がなくて、友達が抱えた孤独の中に踏み込めなかった」

京太郎はそこまで話して深く息を吐いた。声がなくなると微かなノイズが聞こえる。

「それから、どうなったんですか」

「それだけだよ。先生は踏み込めなかった。先生の友達は、たぶん今もひとりで、遠くへ行った人のことを考えている。世の中は、そういうものなんだ。とてもありふれた話だ。だから俺は、キョーコが諦めてもムクドリを気にし続けようと思った」

京太郎が何を言おうとしているのか、そのときのわたしには分からなかった。

「ペパーズ、君はどうしてムクドリを追っているの。レポートはとっくに提出して、キョーコの手伝いも不要になったのに、週末も、夏休みまで捧げて」

今度は彼が質問する番だ。

在野研究者の仲間に認められたいから。はぐれ鳥が憐れで謎めいていて、心惹かれるから。そのどちらも一面では正しい。しかし、本当の理由はまだ言葉にできていない気がした。

「鳥を追っていると、少し安心するんです。この声を使わずに、誰かと繋がっていられる気がするというか」

自分の声について話題に上げるのはいつ以来だろう。

「声にしないと、本当のことは伝わらないよ。誰にも、キョーコにもね」

そうなのだろうか。そうなのかもしれない。しかしそれでは、苦しいばかりだ。

「いずれにしろ、良かったよ」

わたしが答えないでいると、京太郎は優しい声でそう言った。映像紙の向こうのどこか、この街のどこかで。わたしは彼の住む場所を知らないし、映像紙越しでしか親しく言葉を交わさない。

「何が良かったんですか」

「君をまた、招待しても良さそうだと思った。アビーの次の発表会に」

気が向いたらでいい。そう言って彼は通話を切り、キョーコさんのための仕事に出かけていった。私の手の中の映像紙には、九月十四日の十七時という日時と、墨田区の住所が表示されていた。

しばらくすると雨が降り出した。わたしは八月最後のその日から、夏の終わりの気配を感じるようになった。

＊

二週間はあっという間に過ぎた。

夕方、浅草橋近くの古い雑居ビルのエレベータを最上階で降りたわたしは、あっけに取られた。目の前に一面、毬のような大ぶりの花が整然と咲き誇っていたのだ。

それは最もよく知られた異端植物の一つ、セイヨウアジサイだった。

天窓から夕方の光が差し込み、水分を帯びた花畑を照らしている。もう九月だというのにアジサイのガクや葉は瑞々しい。百平方メートルほどのフロアが、青から赤紫にかけての繊細なグラデーションに埋め尽くされていた。

その中央に男がふたり立っていた。

ひとりは京太郎だ。普段と変わらない、飾り気のない黒い上下が、花畑の中では異質で新鮮に見える。もうひとりは青みがかった灰色の背広を着た男だ。わたしたちよりふた回りは年上だろう。背は京太郎より少し低い。短い髪と少し異国的な輪郭に縁取られた顔は、薄い笑みを含んでいる。首に巻いた紺のスカーフの隙間から、角状をした旧式のウムの先端が突き出していた。

「はじめまして、ペパーズ」

男の肉声はよく通り、フロアに響いた。

わたしは緑の葉と青い花をかきわけ、ふたりに近づいた。手とTシャツの裾はびっしょりと濡れたが、外気の暑さに辟易していた分、心地よかった。

「今日の発表会の参加者は俺たちふたりだけらしい」

わたしが隣に並ぶと、京太郎はそう言った。近くで見ると本当に背が高い。彼に会うのは随分久しぶりだという気がした。実際、対面で話すのは一ヶ月ぶりだったのだ。

「きちんと伝えていなくて、申し訳ない」

そう言って、男は薄手の黒い手袋を取って白い右手を出した。

「アビー」

わたしの喉はいつも通り甲高く、耳障りな音を出したが、彼は動じなかった。わたしは彼の差し出した手を握った。

「ここがあなたの秘匿ルートワークですか」

「その通り。僕のオフィスであり、あのチャットルームの物理的な基盤だ」

「どうして俺たちだけをここに」

京太郎が、声に幾分かの緊張を含ませて尋ねる。

「それが最低限の礼儀だと思ったんだ。ユア・バードのくれたデータ。あれは盗み出したものだろう」

わたしが驚いて京太郎を見ると、彼は取り澄ました顔をしていた。

「秘密はあまり多くの人間で抱えるものじゃない。三人が限度だ。三人でも、難しい。だから呼ぶのは君たちだけにした」

「一体、何の話ですか」

わたしが割って入ると、傍らの京太郎が平静に答えた。

「キョーコの計測機器で集めたデータを、俺がアビーに渡したんだ。フロラの生理状態のデータを」

「どうして」

「知りたいからだよ、何が起こっているのかを。アビーは俺たちには到底真似できない分析をやってのける。だから俺は彼を信用することにした。データの扱いにかけてはね」

「キョーコさんは知っているんですか」

「もちろん、知らないよ」

わたしには信じがたかった。京太郎がキョーコさんに黙ってそんなことをするとは思えなかった。彼は彼女の忠実な恋人で、彼女の明るさを映す水面だ。その下に、真実に対するこんなに真っ直ぐな欲望を隠し持っているとは、考えもしなかった。あるいは考えないようにしていたのかもしれない。ふたりの関係にそんな綻《ほころ》びの目があり得るのだと。

「ペパーズ」

アビーに名前を呼ばれて、びくりと身体が震える。

「君は秘密を守ってくれるか」

「いずれにしろ、もう知ってしまいました」

「なら、守れると言ってくれ」

京太郎が囁くように言う。わたしはその冷徹で甘い響きに、また身を震わせた。

「――守れます」

「では、発表会を始めよう」

5

十一月に入ると、流石に肌寒い日もある。キョーコさんはいつもの渋谷の中華料理店で、熱い紹興酒を立て続けに三杯飲み干した。

「最近の京太郎、どう思う？」

赤いニットを着た彼女は少し着ぶくれして、南国の鳥にも、雪国の鳥にも見えた。

「どうというのは」

「単刀直入に言うとね、浮気を疑ってるの」

わたしは胸のうちに弱い疼痛《とうつう》を覚えた。

「最近よく出かけていて、連絡も遅いの。ぼーっとしているのはいつものことだけど、輪をかけて気もそぞろというか」

京太郎は、ムクドリを追っていることを彼女に伝えていないのだろう。当然、わたしやアビーのことも。

キョーコさんに秘密にしようとふたりで決めたわけではない。それなのに、なぜ二ヶ月以上もの間、何も言わずにいたのだろう。

口を開きかけると、京太郎が手洗いから戻ってきた。そして、取り繕うように微笑むキョーコさんを訝しげな顔で見つめた。

「回鍋肉《ホイコーロー》、もう頼んだ？」

「あ、まだだった」

京太郎は店員を呼び、メニューを開いて手早くいくつかの皿を注文する。キョーコさんはその隙にこちらを見て、「秘密ね」と小さく口を動かした。

わたしは弱い痛みをかき消そうと、近頃少しだけ好きになってきたビールを飲み、運ばれてきたばかりの前菜に手を付けた。

回鍋肉の皿が半分ほど片付く頃、キョーコさんは唐突にわたしの右手を両手で握った。

「アンナちゃん、今更だけど、手伝ってくれてありがとう。最初の研究は頓挫したけど、ムクドリのことを色々教えてくれて、助かったわ」

酒気を帯びた彼女は上機嫌だった。なぜか目に涙を溜めて、わたしの手を上下にぶんぶんと振った。

「わたし、卒業できる気がしてきた。京太郎も、ありがとう」

それがよほど珍しいことなのか、京太郎は目を見開いて、初めて見る驚きの表情を浮かべた。

いよいよ今回が本当の打ち上げだった。キョーコさんは京太郎と一緒に集めたフロラの生理データを使って論文をまとめ、卒業後は大手フロラ企業に就職する。一方の京太郎は留年だ。たしかに、自分の研究を進めている様子は全くなかった。

ふたりはいつまで続くだろう。森田教授の愚痴を言うキョーコさんに京太郎が付き合う様子を眺めながら、ぼんやりと考えた。出会ったばかりの頃は、ふたりの絆を疑うことはなかった。だから安心してキョーコさんに憧れを抱くことができたのだ。しかし今は違う。アジサイの園で京太郎が見せた冷静な顔。恋人の研究データを第三者に違法に横流ししても、彼は平気に見えた。いつか、そんな小さな綻びが大きな穴になって、気球から熱が漏れるようにして、ふたりの関係は終わるのかもしれない。

それは十年後かもしれないし、来年かもしれない。

そこまで想像して、胸の中から紛れもない罪悪感がこみ上げてきた。キョーコさんを裏切ったのは、わたしも同じなのだ。

さんざん飲み食いした後だったが、店を出ると外は明るかった。午前中から酒を飲むのが学生の特権。それが、まもなく学生を終えようとしているキョーコさんの強固な持論なのだ。

十一月上旬の十六時。夏は完全に蒸発し、乾いた冬の気配が漂い始めている。店内の隅にあった映像紙は、東京のムクドリが減少し始めたというニュースを伝えていた。しかし、まだ密かに餌やりが続いているという噂も広まっている。見上げると、街中のフロラの枝にムクドリを見つけることができた。

酔ったキョーコさんの両手を京太郎とふたりで引きながら、渋谷駅に向かって神山町の通りを歩いた。

こうして三人で歩くのも、最後かもしれないとわたしは思った。出会ってから半年しか経っていないのに、ずっと三人でいたような気がする。しかしそれは錯覚だということもよく分かっている。こんな日があったことを、きっとキョーコさんも京太郎もすぐに忘れる。わたしも、いずれ忘れてしまうのかもしれない。そういうものだし、それでいいのだと思った。

しかし、そんな予想は結局、外れることになった。少なくともわたしは、その日あったことを死ぬまで忘れないだろう。

まずは遠くで大声が聞こえた。悲鳴のようだった。

続いて数人の男女が渋谷駅の方角を振り返りながら、逃げるようにして通りをすれ違っていった。

「え、どうかしたの？」

京太郎にもたれかかったキョーコさんが、眠たげな声で尋ねる。

前方で道ゆく人々が足を止め、遠くの空を見上げている。わたしはふたりを残して小走りで進み、視界が開ける場所まで進んだ。そして、快晴に宇宙の紺が混じる南の空が、ぼろぼろと崩れ始めているのを目の当たりにした。黒い積乱雲が湧き出すようにして、恐ろしく巨大なムクドリの群れが空の一画を覆いつつあった。

「これは、引き返さないといけないな」

振り向くと、キョーコさんを抱えた京太郎が追いついてきていた。

わたしは頷いた。群れが乱舞しているのは渋谷駅の辺りだ。このまま進めば、傘をさしていても糞まみれになるだろう。

しかし、キョーコさんが暴れて駄々をこねた。

「えー、見に行こうよ。あの下で、三人で写真撮りたい」

「キョーコ、本気なの」

「だってあんな群れ、めったに無いよ。八月の大手町と同じくらいじゃない」

彼女はふらつきながらも自分の足で立ち、南の空をまっすぐ指差した。そして、突然こう言って走り出した。

「出発！」

ジーンズに包まれた細い足が躍動し、酔っているとは思えないほどのスピードで遠ざかっていく。

京太郎と顔を見合わせると、彼は呆れ顔をくしゃりと崩して笑った。無精髭の浮いた顔に、子どものように無邪気な皺が踊った。

そして、彼も走り出す。

こうなっては仕方ない。わたしはバックパックの肩紐を絞り、ふたりを追いかけた。

夏の間に自転車で鍛えたわたしの身体は、思い通りに動いた。身体が軽い。何度も人にぶつかりそうになりながら、夢中で走った。ほとんどの人は、わたしたちとは反対方向に逃げている。ムクドリを嫌い、恐れ、黒く覆われた渋谷駅周辺からできるだけ離れようとする。しかしわたしたちは、その影の下を目指す。汗をかきはじめると、羽織っていたカーディガンを脱ぎ、道に放り出して走り続けた。黒い空は次第に近づいてくる。

道玄坂に入り、大木めいた渋谷駅の高層棟がはっきりと見えるところで、京太郎を追い越した。彼が背後から何か叫ぶが無視する。前方にキョーコさんの赤いニットが見えた。

もう上空はムクドリの群れに覆われていた。四方をフロラの壁に囲まれたスクランブル交差点を中心に、一帯の空が黒い編み物に変化している。人々は啞然として空を見つめ、また別の人々は屋内に逃げていく。映像紙を空に向ける人もいる。自動車のクラクションが鳴り響き、あちこちから悲鳴や悪態が聞こえる。

わたしはウムを起動し、走りながら、騒然とする街をレンダリングした。強い風がわたしの中で渦を巻き、吹き抜ける。苦い香りが口内に満ちる。鳥肌が立つ。目の奥に青い感覚が流れる。

鳴き声と、糞と、小さな羽が無数に降ってくる。まるで新しい気象だ。都市の日常を塗り替える絨毯爆撃だ。地図の上に抽象画が描かれる。新しい絵画が。建物もフロラも、傘をささず走るわたしたちも、等しくそれを身に受ける。歩道は糞で滑りやすく、何度か頭から転びそうになる。

わたしは鳥と都市と時を見渡しながら、アジサイの園でアビーが語ったことを思い出す。


「ユア・バードが提供してくれたフロラの生理状態データの中には、周波数ごとの葉の反射率という項目があった。簡単に言えば、水分量や細胞内小器官の状態に応じた葉の色の変化を示すデータだ」

アビーが角に手をやると、アジサイのランドスケープに変化が生じ始める。データの再生を準備しているのだ。彼は複雑な処理でフロラの中に大規模データを展開しながら、何食わぬ顔で話し続けた。

「その変化の中にもパタンがある。だから、ウムを使って統合すればランドスケープとして見ることができる。ムクドリたちが空に描くパタンや、フロラの内部で生成される演算用パタンと同じようにね。今からその三つを同時に見せる」

彼が言い終えると、わたしとアジサイは完全に同期し、再生の準備が整う。不安で身動ぎすると、わたしの手が京太郎の手の甲に触れた。

「大丈夫。落ち着いて」

京太郎が小さく、優しい声で言う。わたしは手の甲で彼に触れたまま、目を閉じた。

三つのランドスケープを同時にレンダリングするのは、わたしたちにとって初めての体験だった。感覚が膨れ上がり、身体が爆発してしまいそうだったが、アビーのウムによる導きは的確だった。そして、その体験が示す事実は明白だった。

これらのランドスケープは連動している。

最初にフロラの葉の色が変化を示す。しばらくしてムクドリの巨大な群れの中で、ある個体が突然進路を変える。その混乱が全体に伝播し、群れの緊張は相転移の寸前まで高まる。群れは東京の上空を乱舞し、フロラと上空を往復しながら、都市に糞の雨を降らせる。糞はフロラを汚し、膨大なノイズを生み出す。その結果、フロラの中で、ある特徴的なパタンが急速に励起する。

音楽、織物、編み物、音楽、そしてダンス。

東京のフロラ特有とされる、あのパタンだ。

「このパタンがいつ生まれたか、君たちは知っているか」

ランドスケープの残滓《ざんし》の中でアビーは尋ねた。

分からない、とわたしたちは答えた。

「二〇八四年の夏だよ」

「グリーンベルトで、いくつか事故があった年」

わたしが言うと、彼は頷く。

「僕の友達が、フロラへの抵抗を試みた年だ。彼は東京の隠れた歯車に、ほんの少しの油を差した。この都市のフロラ全体に相転移を引き起こすメカニズムが、そのとき起動した。それが分かるのに十五年もかかった」

彼は自分のウムに触れ、最後に残っていたランドスケープの残滓を消去した。

「そして今、フロラ自身がそれを加速させようとしている。たまたま大発生したムクドリを葉の色の変化で誘導し、糞の雨を制御することで」

「あなたは、フロラに意思があるとでも言うんですか」

京太郎が口を挟む。アビーは首をゆっくりと横に振った。

「意思と呼べるようなものがフロラに宿るとしたら、それはきっと、これから生まれるんだ。何もかも飲み込もうとする均質な計算資源としてのまどろみから目覚めて、無数の隣接システムとサブシステムの連合体になる。フロラ植物、異端植物、虫や鳥獣、微生物、人工物、そして人間の思考がばらばらのままで危うく関係し合う、庭園のような場所に」

「庭園という、思考のモード」

「そうだ、ユア・バード。これは君の先生が予見した未来でもあるんだ」

スクランブル交差点にたどり着く頃には、わたしの白いシャツは斑に糞にまみれていた。空はもう、ほとんど夜のように暗い。乱舞する鳥たちはうねり、裏返り、渦を巻き、引き伸ばされては千切れ、衝突して波紋を広げ、無数の模様を描いている。現実の光景とは思えない。誰かの目蓋の裏側、思考の波濤《はとう》を眺めているようで、わたしは陶然とした。ランドスケープの奥には、もどかしく高まった熱と緊張を感じる。

周辺の建物から覗く人はいるが、交差点はほぼ無人だ。みんな上を向いていて、誰もわたしたちを見ていない。車だけがやむを得ず、ぼたぼたと糞を受けながら、急いで交差点を通過していく。舗装の上には映像紙や、様々な落とし物が散らばっている。菓子の残骸や、中身の詰まった買い物袋もある。その下で交通整理用のサインだけが、いつも通り点滅や移動を繰り返している。

汚れた植え込みの近くに座り込んでいるキョーコさんを見つけた。わたしが駆け寄ると、ちょうど京太郎も到着した。

揃ったね、とキョーコさんは笑って、わたしたちの手を取ってスクランブル交差点へと導く。ちょうど車の往来が止み、交差点の舗装が青く脈動する。

わたしたちは交差点の中央に駆け込んだ。

キョーコさんが映像紙を広げて最高のアングルを探す。ムクドリの空と、垂直に立ち上がったフロラの壁と、わたしたち三人の白く汚れた顔が映る画角を。

「いくよ」

彼女はそう合図して、映像紙に向かって満面の笑みを浮かべた。京太郎は彼女に頬を寄せた。わたしは彼女に抱きついた。

やはり、この人にはかなわない。

「相転移が本当に起こるのか。起こったらフロラに何が起きるのか。正確に予測するのは難しい」

あの日、アビーはそう言った。

「確実なのは、人間の手で単一の相に封じ込められていたフロラが解放されて、ばらばらに断片化した開放系になるということだけだ。その結果、僕たちはこの都市に生まれた新しい知性とのファーストコンタクトを果たすのかもしれない。あるいは、ただすべてが破局するのかもしれない。それでも彼が思い描いたものを、彼女が夢見たものを、僕は見たい。違う場所、違う時間を生きていても、同じものを」

別れ際、京太郎が彼の本当の名前を呼んだ。

「折口先生から伝言です。千葉の庭は、今が見ごろだと」

在野研究者は目を見開いて何か言いかけ、それから目を閉じて小さく頷いた。


写真を撮り続けるキョーコさんを置いて、わたしと京太郎は駅の軒下に入った。ふたりとも、ほとんど全身がムクドリの糞にまみれていた。あまり匂いはしないが、べたべたした感触が不快で、どうしようもなく笑えてきた。

笑っているうちに涙が滲んできた。

「アビーの言うことが本当なら、キョーコの最初の仮説は惜しいところを突いていたな」

京太郎は走り回るキョーコさんに優しい目を向けた。

「ムクドリはフロラの計算資源じゃなくて、もうひとつのフロラになっていた。俺たちも実は、そうなのかもしれない」

その目には少年のような輝きがあって、わたしは息が苦しくなった。

「ユア・バード」

「なんだ、ペパーズ」

「キョーコさんのこと、好きですか」

「大好きだ」

わたしはそのとき初めて、自分は彼に恋していたのだと確信した。そして失恋を胸の奥で味わった。

駅構内に避難していた人々が、わたしたちのひどい姿を見て、笑いとも悲鳴ともつかない声を上げた。

「わたしはたぶん、あなたたちと同じものが見たくて、ムクドリを追ってきたんです。はじめはキョーコさん、次にあなた。今は、両方です」

荒れ狂う空を無言で見上げていると、わたしの目からは涙が溢れた。

「声に出して伝えてくれてよかった」

しばらくして京太郎は優しい声で返事をした。

「キョーコも俺も、君を気にし続けるよ」

群れの乱舞はその後も三十分ほど続いた。我を忘れた鳥たちが正気を取り戻し、それぞれのねぐらに帰っていくまで、渋谷の街は止まっていた。その間、何か聞き慣れない音楽が、頭の中で鳴っているような気がした。

アビーによれば、フロラの反射率の変化が特に激しいのは、四七〇ナノメートル前後の波長だ。はぐれ鳥たちはおそらく、わたしたちの目に見えない微細な青の階調の中で、フロラからの信号を受け取っている。彼らの目には、東京はどんな場所として映っているのだろう。群れが次第に離散していくのを眺めながら、わたしは青い東京を想像した。

ムクドリが去ると、暮れかけた天頂は深い紺碧を湛えていた。

糞まみれで電車に乗るわけにもいかない。帰り道は、三人で衆目を浴びながら堂々と歩いた。

「なにそれ」

キョーコさんが愉快そうに聞くので何かと思えば、甲高くざらついた声で、わたしは鼻歌を歌っていた。もう泣いてはいなかった。

「前から思ってたけど、アンナちゃんのハスキーボイス、いいよね。今度カラオケ行こうよ」

「キョーコさんが言うなら、信じちゃいますよ」

「え、どういうこと？」

彼女は薄闇の中で目を丸くした。

一年後か十年後か、それとも百年後か。いつか必ず、わたしたちはばらばらになる。この街もそうなのだろう。その先に何があるのかは分からない。ばらばらになったものが、再び関係し合うことができるのかどうか。それも分からない。群れを一度はぐれた鳥は、もう二度と戻れないのかもしれない。

しかし、それでもいい。わたしの中の鳥はもう歌える。歌えば、きっと誰かの声が返ってくる。どれだけ孤独な空に放り出されるとしても、迷わず鳴いて飛べばいい。

解説

発酵メディア研究者
ドミニク・チェン

本作のタイトル『コルヌトピア』とは、果物や穀物が止めどなく溢れ出てくる「豊穣の角」を意味するコルヌ・コピエ（Cornū Cōpiae）を捩《もじ》った造語だ。本作のテーマである、植物のネットワークが無限の計算資源をもたらすイメージが、古代ギリシャ由来の神話に重ね合わされる。それと同時に、コピエ（豊穣や力能を意味するコピア Cōpia の複数形）が、「場所」を意味する topos からの派生形であるトピア -topia に置換されている。尽きぬ大地の恵みを象徴する神話的アイコンを、情報社会基盤という器で具現化した未来の世界こそが、本作が読者を誘《いざな》う場所《トポス》である。

わたしは本作を読んでいて、まずもって作者が森林や庭園の環世界《ウムヴェルト》を描写する姿勢に共感させられた。環世界とは、ヤーコプ・フォン・ユクスキュルが提唱した言葉で、生物にはその身体に備わった感覚と運動の器官に固有の主観世界が立ち上がる、という意味の概念だ。本作では環世界の原語であるウムヴェルトという用語が、フロラと呼ばれる植物のネットワークに接続するための角形インタフェースの名称として使われている。ちなみにフロラとは、日本語で植物相と呼ばれ、特定の地域や年代における全ての植物種を意味する用語だ。このように本作では、いくつかの科学用語が虚構の舞台装置として使用されている。

本作が、人間の理解を超えた植物の環世界へ深く飛び込んでいく瑞々しい語彙の場は、読者を言語の淵まで連れ立ってくれるものだ。わたしたちはそこで、ある種の失語症や吃音の状態に巻き込まれる。合理的な推論と、感覚的な想像が交差する感覚は、本作をシュールレアリズムの観点から味わう醍醐味をも与えてくれる。物語の中で、主人公が植物の環世界に没入(レンダリング)する過程では、まさに夢を観ている時のように、同時並行で異質な情報が去来する様子が描かれている。実際、夢の体験において、人は合理的な意識の喪失を味わい、過去と未来の時制が植物の根茎のように入り交じる。植物の感得している世界は、人間にとっては夢のようなものなのかもしれない。言葉という線形な媒介を使って、非線形に草木の感覚情報が錯綜する様子を描く作者自身の環世界の成り立ちに強く興味を惹かれた。

さて、本作の主題である計算資源としての植物相という設定は、現代の現実ではいかほどのリアリティを持っているのだろうか。言うまでもなく、現代において人工知能と総称される技術群の中核である機械学習は、生物の神経細胞であるニューロンのネットワークを模倣して設計されている。現代の計算機の基盤を作ったジョン・フォン・ノイマンは晩年に、生命のように自己複製するアルゴリズムの研究【注1】を行い、またそもそも計算機の計算可能性を定義したアラン・チューリングも人生の後半で生命的パターンを作り出す化学反応式の数学的定義【注2】を行っている。計算機械は生命と対極的な存在として認識されやすいが、生命のメタファーは近代的な計算機の発展に、むしろ強い影響を与えている。

それでも、計算機が接近した生命像はヒトのような動物のそれに近く、植物はより異質な存在として認識されてきた。それでも、ヒトとかなり環世界の異なる生物を計算資源として活用する研究は少なからず行われてきた。バイオコンピューティングと呼ばれる領域では、生物や細胞、分子をある種の演算を行うものとして捉える。DNAは、それ自体は生物とみなされていないが、DNAのA・T・C・Gといった有機化合物と、それらに作用する酵素を利用して、計算問題を解けるDNAコンピューティングの原理がエーデルマンによって示されている【注3】。動物と植物の両方の特性を持ち合わせる粘菌が迷路の最短距離をつなげる性質を利用して、効率的な都市間の鉄道ネットワークを計算させる中垣らの研究もある【注4】。いずれも分子、酵素、単細胞生物の生来の挙動を、ヒトが計算というセットアップに組み込み利用するスキームである。生物に備わった動きとは、自己組織化の運動であるとも表現できる。

生物の原理を参照しながら、実際の生命や有機物を介さずに、自己組織化を再現する機械の研究も存在する。一九五〇年代には、パスクとビアが純粋に電気化学的な「耳」を制作した。資料によれば、硫酸鉄の液体の中に設置された電極に電圧を流すことで、複数の音を判別する人工的な耳のようなシステムが構築されたという。一九九〇年代には、トンプソンがFGPA（プログラマブルな集積回路）を使って、二つのブザー音を判別する問題を遺伝アルゴリズムを用いて設計した【注5】。結果として、回路同士が電場の影響を受け合い、いわばハードも進化して頑健なシステムになったと報告されている。さらに近年には、ボタニカル・コンピューティングと称して、植物の成長点と屈性を模倣して、電子回路系を設計する研究がある【注6】。成長点（growing point）とは、植物の体の上で、新しい細胞が作られる分裂を指し、屈性（tropism）とは外部刺激に応じて成長や旋回の運動を示す特性を表す。自己組織化する計算粒子（computational particle）は、マイクロ／ナノスケールの電子機器の場合であれば電波、生体分子の場合は化学伝達を使って、近接する別の粒子と相互作用を起こしながら、植物のようにパターンを生成する。そのパターンをデジタル回路として用いることで計算機を組み上げようとしている。そして、従来の計算機パラダイムと最も異質でありかつ最も有名なものに、量子コンピューティングの研究が挙げられる。量子力学が扱うのは生命そのものではないが、量子力学を用いた生物学の研究【注7】も進展している。

いずれの研究もまだ広範囲に社会実装されてはいない段階だが、『コルヌトピア』の世界設定が決して荒唐無稽なものではないと思わせるに充分の知見が現実に蓄積している。そのことを踏まえた上で本作を読めば、また一段と想像力が刺激されるだろう。興味のある読者は、脚注に示した論文を参照されたい。

もうひとつ、本作が現代社会と接続する大きなテーマとして、自然環境と人間社会の関係の結び方というものがある。『コルヌトピア』では、東京の環状線一帯がグリーンベルトと呼ばれる計算資源の森として使われている。また都市中の建築物の壁面や屋上が緑化されており、フロラとして都市インフラの機能を果たしている。作中の終盤では、フロラと接続するための角形インタフェース「ウムヴェルト」を装着した人が増えてきたという記述もあり、作者はおそらく植物の環世界とつながった未来の人類社会の姿を幻視しようとしている。そこから、ある種の不穏さと希望が同居する期待感を感じ取れる。

現在、自然環境の破壊がもたらす影響について、科学者の間で議論が活性化している。人間社会が自然環境に負荷をかけ続けたことに起因されると考えられる災害リスクのレパートリーは増え続けている。温暖効果による気候変動が最も注目されている現象だが、本稿の執筆中に猛威を振るい続けている新型コロナウィルスもまた、環境学者の間では自然破壊とひもづけられて論じられている。二〇二〇年四月に発表された論文【注8】では、人間社会の産業活動によって生息環境を破壊された動物ほど、人間に感染するウィルスを保有しているという調査結果が報告されている。このようなグローバル状況を正面から受け止めて、情報技術を設計しようとする研究も始まっている。たとえば、もともとHuman-Computer Interaction（人間＝コンピュータ・インタラクション）を研究してきたマンチーニは、Animal-Computer Interaction（動物＝コンピュータ・インタラクション）という研究領域を開始した。ＡＣＩは、動物の環世界から技術設計を行うことで、自然環境の保全を前提にした社会設計を標榜する【注9】。そこでは、従来の近代西洋の科学史観が前提にしてきた人間に制御される自然ではなく、土壌の微生物から哺乳類までを含むMore-than-Human（人間以上）としての自然存在に対する新たな倫理体系が設計思想として組み込まれる【注10】。

この自然環境を当事者として含めたテクノロジー観は、人間に新たな認識論を獲得することを要請する。人間中心主義からの脱却、といえばそれまでだが、これを全社会レベルで実装しようとなると、市場経済、法律、文化規範、そして情報基盤というあらゆる側面で同時並行的にアプローチしていかなければならない。そして、優れたＳＦ文学は、ありえたかもしれない未来を直感的に想像させることで、読者を来たるべき世界へと準備させるのではないだろうか。

『コルヌトピア』を読み進めるうちに、わたしは植物相の自然に近づく感覚を抱いた。それは主人公が行う「レンダリング」という行為の描写に負うところが大きい。彼はウムヴェルト装置を通して、植物フロラのネットワークに自身の感覚意識を同調させていく。その探訪過程において、主人公は対象の植物に成っていく。そうして獲得した主観的な感覚情報を人間の言語へ翻訳するのが彼の仕事である。

本作のレンダリングの表現を読んでいて、実は少なからぬ農業従事者が既に実践していることではないかと思った。地理学者のクリヴォジンスカは、ワイン農家のブドウ畑で農作業に従事した経験を当事者として振り返り、ブドウを人間と対称的な存在として向き合う農法を民族誌的に分析している【注11】。彼女はその過程から、Enchantment（植物と土壌と気候の関係性のネットワークの働きに気づくこと）、Becoming（ブドウに成って世界を認識すること）とFocus（農作業への集中の結果、忘我の状態に至ること）の三段階を抽出している。そして、一連の流れを通して、合理的に対象を理解することよりも、情感的に対象と関係性を結ぶことが、結果的に良いブドウを生らせるという。クリヴォジンスカは、個体が他の存在から独立して存在しているという固定観念から脱却することで、人間以外の存在との関係性を通して、人が別様の新しいものに成ると考察している。

わたし自身は、多様な発酵微生物たちが生息するぬか床をひとつの生命システムとして捉え、それらの生態情報をセンシングし、その家に暮らす人間と会話できるシステムを研究開発している【注12】。ぬか床の中にセンサー群が備えられ、毎分ごとにぬかの内部状態のデータをクラウド上のデータベースに記録し、解析プログラムが発酵や風味の状態を分析する。人の問いかけに答えたり（「いまどんな感じ？」「して欲しいことはある？」など）、もしくは人の介入が必要な時には自ら人間に語りかける（「そろそろかき混ぜたら？」など）。これは、わたしが日々ぬか床を手でかき混ぜながら、乳酸菌や酵母といった微生物に成るという実体験から着想したスキームであり、人＝微生物の関係性の醸成を情報技術によって支援することを目的としている。

　発酵食作りに従事する杜氏や職人たちと話すと、彼らは微生物たちを制御するとは考えず、ただ対話を繰り返しているということを述べる。彼らの多くはまた、過去百年間で培った風味を百年後にいかに残せるかという問題意識を持っている。過去と未来をあわせて二百年越しの時間軸を生きている彼らはすでにMore-than-Humanな存在に成っているが、同時に伝統的な技法に新奇な技術を取り入れることを厭わないことが多い。ただ、現状では人間の感覚や直感の方が、最新のセンサーの解像度よりも優れているだけなのだ。

　その意味では、彼ら職人は正しく、人間と自然をひとつの複合系として認識している。わたしの開発するシステムは、職人のような専門家でなくても誰でも、微生物たちの環世界に日常的に接続できるように感覚と認識を育てるための矯正器具のようなものだと考えている。その先に期待するのは、人間と機械の複合系によって自然を制御する未来ではなく、人間と自然が互恵的に協調できるように機械を使役する未来だ。

今日、自然との関係において旧い人間中心主義が隘路《あいろ》に陥っているとすれば、植物や微生物といった自然の存在がわたしたちに無尽の恵《コルヌコピエ》みをもたらすかどうかは、わたしたち自らが生息する自然環境と関係を再構築できるかにかかっている。そのためには情報技術によって植物相や微生物叢の不可視の運動を可知化する手立ても助けになるだろうし、機械を介さなくても人類学的、民族誌的なアプローチで認識を深めることもできる。この可能な未来への軌跡の中で、本作がわたしたち読者にもたらす想像力はひとつの道標になるだろうとわたしは思う。

【注1】von Neumann, John.(1966). *The Theory of Self-reproducing Automata*. A. Burks (ed.), Champaign: Univ. of Illinois Press, Urbana.

【注2】Turing, A. M.(1952). The Chemical Basis of Morphogenesis. *Philosophical Transactions of the Royal Society, Series B, Biological Sciences*, vol.237, no.641, p.37-72.

【注3】Adleman. L.(1994). Molecular Computation of Solutions to Combinatorial Problems. *Science*, vol. 266, p. 1021-1024.

【注4】Al-Khalili, Jim, and Johnjoe McFadden.(2014). *Life on the Edge*. London: Bantam Press.（水谷淳

・訳『量子力学で生命の謎を解く』、SB Creative）

【注5】Thompson, Adrian.(1996). An Evolved Circuit, Intrinsic in Silicon, Entwined with Physics.

Proceedings of the First International Conference on Evolvable Systems: From Biology to Hardware. p. 390-405.

【注6】Coore, D. (1999). ***Botanical computing: a developmental approach to generating interconnect topologies on an amorphous computer*** (Doctoral dissertation, Massachusetts Institute of Technology).

【注7】Al-Khalili, Jim, and Johnjoe McFadden.(2014). *Life on the Edge*. London: Bantam Press.（水谷淳・訳『量子力学で生命の謎を解く』SB Creative）

【注8】Johnson, Christine K., Peta L. Hitchens, Pranav S. Pandit, Julie Rushmore, Tierra Smiley Evans, Cristin C. W. Young, and Megan M. Doyle.(2020). Global shifts in mammalian population trends reveal key predictors of virus spillover risk. *Proceedings of the Royal Society of Biological Science*.

【注9】Mancini, C.(2011). Animal-computer interaction: a manifesto. *Interactions*. 18 (4), p.69-73.

【注10】Mancini, C.(2017). Towards an animal-centred ethics for Animal-Computer Interaction. *International Journal of Human-Computer Studies*. 98, p. 221-233.

【注11】Krzywoszynska, A. (2019). Caring for soil life in the Anthropocene: The role of attentiveness in more-than-human ethics. *Transactions of the Institute of British Geographers*. 44(4), p. 661-675.

【注12】Chen, Dominique. Hiraku Ogura, and Young Ah Seong. (2019). NukaBot: Research and Design of a Human-Microbe Interaction Model. *Artificial Life Conference Proceedings*. no. 31, p.48-49.

本書は、二〇一七年十一月に早川書房より単行本として刊行された作品に、書き下ろしの中篇を加えて文庫化したものです。

最後にして最初のアイドル

草野原々

〝バイバイ、地球――ここでアイドル活動できて楽しかったよ。〟ＳＦコンテスト史上初の特別賞＆四十二年ぶりにデビュー作で星雲賞を受賞した実存主義的ワイドスクリーン百合バロックプロレタリアートアイドルハードＳＦの表題作をはじめ、ソシャゲ中毒者が宇宙創世の真理へ驀進する「エヴォリューションがーるず」、声優スペースオペラ「暗黒声優」の三篇を収録する、驚天動地の作品集！

アステリズムに花束を

百合ＳＦアンソロジー

ＳＦマガジン編集部＝編

百合――女性間の関係性を扱った創作ジャンル。創刊以来初の三刷となったＳＦマガジン百合特集の宮澤伊織・森田季節・草野原々・伴名練・今井哲也による掲載作に加え、『元年春之祭』の陸秋槎が挑む言語ＳＦ、『天冥《てんめい》の標《しるべ》』を完結させた小川一水が描く宇宙ＳＦほか全九作を収める、世界初の百合ＳＦアンソロジー

ハヤカワ文庫

裏世界ピクニック
ふたりの怪異探検ファイル

宮澤伊織

仁科鳥子《にしなとりこ》と出逢ったのは〈裏側〉で〝あれ〟を目にして死にかけていたときだった――。その日を境にくたびれた女子大生・紙越空魚《かみこしそらを》の人生は一変する。実話怪談として語られる危険な存在が出現する、この現実と隣合わせで謎だらけの裏世界。研究とお金稼ぎ、そして大切な人を捜すため、鳥子と空魚は非日常へと足を踏み入れる――気鋭のエンタメ作家が贈る、女子ふたり怪異探検サバイバル！

著者略歴　1992年生，東京大学大学院工学系研究科修士課程修了，作家　『コルヌトピア』で第5回ハヤカワＳＦコンテスト大賞受賞

HM=Hayakawa Mystery
SF=Science Fiction
JA=Japanese Author
NV=Novel
NF=Nonfiction
FT=Fantasy

コルヌトピア

〈JA1438〉

二〇二〇年六月二十日　印刷
二〇二〇年六月二十五日　発行

（定価はカバーに表示してあります）

著　者　津《つ》久《く》井《い》五《い》月《つき》
発行者　早川　浩
印刷者　西村文孝
発行所　株式会社　早川書房

郵便番号　一〇一 - 〇〇四六
東京都千代田区神田多町二ノ二
電話　〇三 - 三二五二 - 三一一一
振替　〇〇一六〇 - 三 - 四七七九九
https://www.hayakawa-online.co.jp

乱丁・落丁本は小社制作部宛お送り下さい。
送料小社負担にてお取りかえいたします。

印刷・精文堂印刷株式会社　製本・株式会社明光社

ISBN978-4-15-031438-5 C0193

本書は活字が大きく読みやすい〈トールサイズ〉です。